培养女孩完美性格的故事全集

新世纪学生必读书库

吉林出版集团 JILIN PUBLISHING GROUP

吉林美术出版社 | 全国百佳图书出版单位

图书在版编目(CIP)数据

培养女孩完美性格的故事全集 / 崔钟雷主编 . —长春：吉林美术出版社，
2009. 11 (2011. 1 重印)
（新世纪学生必读书库）
ISBN 978 - 7 - 5386 - 3538 - 6

Ⅰ. 培… Ⅱ. 崔… Ⅲ. 女性 - 性格 - 培养 - 青少年读物
Ⅳ. B842. 8 - 49

中国版本图书馆 CIP 数据核字(2009)第 189763 号

策　　划:钟　雷
责任编辑:栾　云

培养女孩完美性格的故事全集

主　编:崔钟雷　副主编:王丽萍　刘　超　李菁菁

吉林美术出版社出版发行
长春市人民大街 4646 号
吉林美术出版社图书经理部(0431 - 86037896)
网址:www. jlmspress. com
北京海德伟业印务有限公司

开本 700×1000 毫米　1/16　印张 15　字数 240 千字
2011 年 1 月第 2 版　2012 年 5 月第 2 次印刷
ISBN 978 - 7 - 5386 - 3538 - 6
定价:29.80 元

前言 Foreword

　　生命如夏花般绚烂多彩，生活如山峰般催人攀登。历史的钟声在新世纪的脉搏中激荡，我们把情感刻入时间的铭文，把奋进划入理想的港湾。成功的号角为有准备的人而吹响，稚嫩的新苗还需要汲取更多的阳光雨露，而书籍，正是成长的指引，力量的源泉。为此，我们精心编写了本套《新世纪学生必读书库》系列丛书。

　　时光淡去了岁月的影子，却留住了幸福的记忆；历史磨灭了沧桑的背影，却留住了伟人的足迹；时代洗去了踟蹰的过去，却留住了奋进的力量。面对挑战，面对希望，面对成功，每一个人都会发出生命的最强音，释放出自己的全部能量。智者的帮助，成功者的指引，是我们前进道路上的捷径。我们翻开书籍，阅读拼搏者的辛勤与骄傲，感受奋斗者的艰苦与温馨，获得心灵的感动和进取的力量，学习爱的意义和生活的真谛，努力开创属于自己的那片天空。

　　本套丛书精心选编了多篇美文佳作，文辞优美、内涵深刻，字字值得品味，篇篇引人思索，让读者与书籍进行一次心灵的对话。丛书具有丰富的阅读性和艺术性，适于启发读者，从中收获生活的意义。

　　书香袭人，沁人心脾；字句珠玉，引人深思。愿本书点亮你智慧的火种，指引你前进的方向，激励你奋进的步伐，成就你美好的未来！

目录

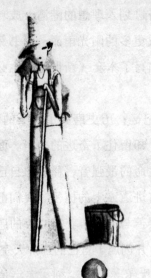

daizhe weixiao shanglu

2 带着微笑上路

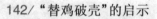

幸福的线头

哪怕幸福只露出了一根线头，她也有本事将它拽出来，织成一件暖身的毛衣。

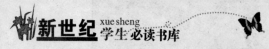

甜饼的秘密

[美国] 盖尔·乔克斯特　王悦　译

烤小甜饼时，总有人试图一心多用、身兼数职——我也不例外。我把无绳电话夹在耳朵跟肩膀中间，一边煲电话粥，一边洗碗、熨衣服，眼睛则盯着电视新闻，直到烟雾报警器响彻云霄，巧克力甜饼被烤得形如焦炭。对高效率的追求，不知断送了多少小甜饼，我却乐此不疲。

直到有一天，姑姑讲起她的婆婆布伦纳太太。布伦纳太太烤的橙味栗子曲奇饼举世无双。姑姑40年前尝过一个，从此再也无法忘怀。姑姑还说，布伦纳太太烤甜饼的秘诀，她至今记忆犹新。

"什么秘诀?"我迫不及待地问，以为会听到"她总是先筛四次面粉"或者"她只用不加盐的黄油"那样的绝技。但姑姑的回答却令我大吃一惊。

"布伦纳太太总是坐在烤箱前。"

"当时的烤箱远没有现在先进，没有玻璃窗，没有温度显示，更没有计时功能，她需要不时拉开烤箱门，观察甜饼的情况。"

姑姑慢条斯理地说:"布伦纳太太烤甜饼时，别的事一概不干，就只专心地守着烤箱里的甜饼——这就是她的秘诀。"听了姑姑的话，我恍然大悟，布伦纳太太的秘诀就是她安适纯净的心态。

从那以后，我的习惯彻底改变了，烤甜饼时，无绳电话安静地躺在那里，电视从厨房里销声匿迹，熨斗被束之高阁。我不再依赖于电动搅拌机、电子温度计、自动报时器。每次用手指测试面饼是否有弹性时，我手上都留下奶油的余香；每次拉开烤箱门试探甜饼的虚实时，我整个人都沉浸在巧克力醇厚甜润的热气中，发髻衣角上的香味久久不散。但多数时间，我还是坐在温暖的烤箱前，从烤箱的窗口看着椰丝变成金黄色，油汪汪的小甜饼慢慢长大，心里感到前所未有的轻松。紧张工作之余，烤甜饼成了我的减压阀。

很快我的甜饼名扬全社区，但我知道自己得到的远比烹饪秘诀更宝贵。现代人看重效率，力求事半功倍，忙碌中却忘了享受生活中美妙的点点滴滴。有的朋友向我抱怨生活令他们手忙脚乱，每遇到这种情况，我都会送上一盘小甜饼，外加布伦纳太太的秘诀。

成长笔记

快节奏的现代生活给都市人带来许多压力，让我们无暇感受生活的细腻与精致。其实，美妙的生活就在我们身边，只要我们静下心来，用心地感受周围事物，就会发现其中蕴涵着的甜蜜。

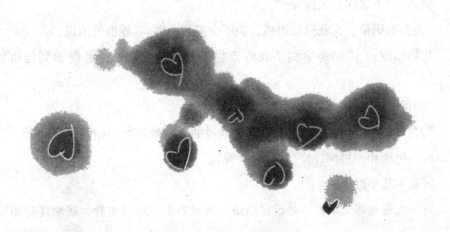

咖啡加奶精

刘　墉

记得我在美国教书的时候，有一天，一个台北来的助教哭丧着脸跑来找我，说她受了教授的气。

"那教授早上对我说：'倒杯咖啡，加奶精。'我就去帮他倒，但是加完奶精，想到每天看他自己弄咖啡时也加糖，所以又帮他加了一包糖。可是当我端给教授，他尝了一口，居然板着脸问我为什么加糖。我说：'您不是都加糖吗？'他就冒起火来，说他没要我加糖，只说加奶精，他因为血糖太高，不能吃糖了。"那助教一边说一边掉下眼泪，"我是好心给他加，没想到好心没好报，下次再也不好心了！"

我问："下次你怎么做呢？"

"他要加奶精，我就只加奶精，决不会多此一举。"她恨恨地说。

我拍拍她："你是学到了在西方世界处世的方法，但是没学到处世的艺术。"

"处世的艺术？"助教看我。

"对！如果你懂得处世艺术，就照他说的，只给他加奶精，但是另外，你可以附一包糖和一根搅拌棒在旁边。"我说。

转眼十几年过去。

有一天遇到那个助教，她已经结婚，而且当上银行的主管，居然还记得那杯咖啡的事。一见面就对我笑道："谢谢您当年告诉我，我现在回想，当时确实做错了，我发现新来的中国朋友常犯这毛病，就是画蛇添足、自作主张，还认为自己对，甚至认为那是人情味的表现。可是，换个角度，如果在中国做事就不一样了，老板叫你加奶精，你不给他加糖，他真可能认为你笨。结果，在东西方都不出错的方法，就是照您说的——附加一包糖。"那学生笑道："我后来碰上这种情况，照您说的做，对方都会先一怔，然后赞美我细心，我还把这一招教了好多朋友呢！"

再提一件小事——

某年，我去日本的一个大出版社，一位年轻职员在门外迎接我，他先带路在前面走，但是到大门前，突然止步，伸手请我先进，接着下楼，他先鞠躬，说由他带路。但是转过一个长廊，上楼，他又让开，要我先上。等到了楼上，再快步跑到我前面一点，说由他带路。

我被弄得一怔一怔，但是不能不赞赏那职员的态度，因为他严格遵守了"下楼时主人先下，上楼时客人先上"，以及"对熟悉的地方，客人走在前面；对生疏的地方，由主人在前面带路"的原则。使我对那公司一开始就有了"他们做事会很严谨"的好印象。

成长笔记

处世艺术的确是一门必须掌握的学问，但常常被妄自尊大的人们忽视。不能从容处世的人，也不能从容做人。学会尊重别人，为别人着想，生活需要我们有一颗细腻的心。

最人性的关怀

江浸月

她正在给学生们上课，突然发现校长和一名刑警已站在了门口，她心里不由得一阵慌乱，一种不祥的预感涌上心头。

果不其然，她当刑警队长的丈夫在执行公务时出事了。

赶到医院时，丈夫像植物人一样酣睡，眼泪和呼喊也不能让他醒来。医生说，头部的淤血两天内不能自行吸收，就要做开颅手术。她六神无主，唯一能做的就是默默地为丈夫祈祷。

一夜无眠的守候，她守来希望的第一缕曙光，丈夫终于醒过来了，而且神志清醒，黑夜瞬间从她心里淡去，她拥着丈夫喜极而泣。

然而，令她始料不及的是，忧虑才下眉头，不安又上心头。因为她听到了来看望丈夫的公安领导和丈夫的谈话，领导说罪犯最疼爱他的女儿，下一步准备用"亲情做诱饵"，攻破罪犯的心理防线，让他自己现身，速战速决。罪犯的女儿叫解莉，关键要做好她的思想工作……

解莉，她在心里尖叫起来，那个丁香一样结着惆怅和忧伤的女孩子才13岁，就在她的班里。她脑海里马上浮现出这样的场景：一个泪水涟涟、面容憔悴的女孩，被警察带领着，面对深不可测的大山，用颤抖的声音泣血般地呼

喊："爸爸，你在哪儿？快出来吧。"面对女儿撕心裂肺的哭喊，罪犯脆弱的心理不堪一击，轻易地现了身，神武的警察猛虎一般扑过来，当着女儿的面把犯罪的父亲带走，风中传来女儿更凄惨的哭喊……

她不敢把这悲凉的一幕想下去，可是，一边是肩负重任，在焦虑不安中急于求成的丈夫，一边是心理脆弱得如薄纸般需要细心呵护的学生，她在心里痛苦地思量着。她清楚地知道，即使自己不去当"说客"，让一个无辜的女孩在亲情人伦和法制的心灵天平上，作出痛苦的思考和艰难的抉择，来自法律的威严和警察强大的思想攻势也一定会使女孩做出大义灭亲的义举。想象着女孩用亲情做诱饵时的无奈，想象着女孩亲眼看着父亲被抓捕，亲手将父亲送上审判台的痛苦，她决定尽她所能为那个女孩撑起一方晴天。

她知道自己没有能力去制止"亲情诱捕"计划的实施，但她却可以从中"干扰"。她匆匆赶回学校，悄悄告诉女孩将要发生的事情，让女孩自己做出决

定，她还暗示女孩，如果不愿意面对，就选择逃避，可住到医院里，把病痛当做挡箭牌。

没过几天，罪犯终于被抓获，一个罪恶的灵魂消亡了，尘埃落定，人们把掌声给了那些追捕英雄。没有人知道，她曾使一个渴望温情的脆弱心灵免于破碎。把她当做英雄的，只有那个女孩。多年后，女孩在给她的信中写道："很多个午夜梦回的夜晚，当我和挚爱的父亲相遇，当我可以坦然面对父亲的目光和爱抚时，都让早上醒来的我含泪想起，您曾给予我的那些最贴切的关怀和爱护。在孤苦无依的日子，在漂泊无助的岁月，能使我沉静地忍受痛苦和劫难而不至于沉沦，使我固执地相信，这世上有生生不息的爱和绵绵不尽的温暖，这些都源于您身上熠熠闪耀的人性光辉……"

成长笔记

在这个世界上，鲜花永远比荆棘多，乌云永远遮不住太阳，热情总会融化冷漠。如果我们都能给别人一份真诚的爱和一份亲切的关怀，那么，这个世界就会变得温暖无比。

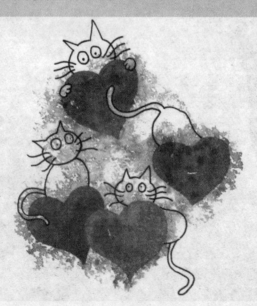

爱心三明治

胡英 译

迈克尔·克里斯蒂亚诺在纽约市的一家法院供职。不论刮风下雨、阴晴冷暖，也不管是工作日还是节假日，他总会在每天凌晨 4 点起床，走进自己的三明治作坊。不，他并非熟食店老板，那只是他家的私人厨房，里面摆放着各式三明治馅料。他做的三明治已经小有名气，不过只为那些极需靠它们抵御饥饿的人所熟知。凌晨 5 点 50 分，他往返于中心街和拉斐特街的临时流浪汉之家，那一带靠近纽约市政厅。一会儿工夫，他已送出 200 份三明治，力求在上班前帮助尽可能多的流浪汉，然后赶往法院开始一天的工作。

一切始于 20 年前的一次善举，他为一个名叫约翰的流浪汉买了杯咖啡和一个面包卷。从此，迈克尔便日复一日地为约翰送去三明治、奶茶和衣物。最初，迈克尔只是想做件好事。

但有一天，一个声音在他脑海中响起，催促他采取进一步行动。迈克尔回忆道："我意识到自己身上有种使命，我相信它是我一切行动的内在动力。"迈克尔想到了制作三明治，就这样，他开始了自己的使命。他没有接受任何企业的赞助，他说："我并不是想发起什么能载入史册或吸引媒体眼球的慈善创举。我只是想尽自

己微薄之力做些好事，日复一日地坚持下去。但这的确是我力所能及的：从今天做起，从我做起。"

"遇到滴水成冰的下雪天，我实在不愿离开温暖的被窝和舒适的家去市区送三明治。可每当此刻，那个声音又会在心里不住地催促，令我不得不起身行动。"

过去 20 年来，迈克尔每天都要做 200 份三明治。他解释说："我分发三明治的时候，不是单单把它们摆在桌上让人来拿。我会直视每个人，和他们握手，向他们送上一天的祝愿。每个人在我眼里都很重要。我没有把他们当成'流浪汉'，我只把他们看做需要食物充饥的人，他们需要一个鼓励的微笑，需要人和人之间美好情感的交流与传递。"

"一次，科赫市长跟我一起去派发三明治。他没有邀请媒体，就我们俩。"迈克尔说。与市长并肩工作固然难忘，但更令迈克尔难以忘怀的，却是与另一个人的合作……

常来取三明治的流浪汉行列里少了一个熟悉的身影，迈克尔常常惦记着他。他盼望这个人的处境已经好转。一天，这个人出现了。面貌焕然一新，穿

着整洁、保暖的衣服，胡子刮得干干净净，还带来了自己预备分发的三明治。迈克尔每天递送的新鲜食物、暖人心怀的握手、眼神中传递的关爱和声声祝福给了这个人希望和鼓励，这些正是他极为需要的。每天能感受到做人的尊严，而不是被编入另册，他的人生因此被改写了。

此刻无须任何言语。两人肩并肩、默默无声地忙碌着，分送着他们的三明治。纽约街头又迎来了新的一天，所不同的是，这一天也承载了一份新的希望。

成长笔记

　　爱是一种美丽的折射，爱是世界的又一轮太阳。其实，每一颗心灵都是一面折射爱的镜子，只要你的心中充满了爱，并把你的爱折射出去，你就会看见，世界上多了无数个太阳。

天才的造就

刘燕敏

在里约热内卢的一个贫民窟里，有一个男孩子，他非常喜欢足球，可是又买不起，于是就踢塑料盒，踢汽水瓶，踢从垃圾箱里捡来的椰子壳。他在巷口踢，在他能找到的任何一片空地上踢。

有一天，当他在一处干涸的水塘里猛踢一只猪膀胱时，被一位足球教练看见了，他发现这个男孩踢得很像那么一回事，就主动提出要送给他一个足球。小男孩得到足球后踢得更起劲了。不久，他就能准确地把球踢进远处随意摆放的一只水桶里。

圣诞节到了，男孩的妈妈说："我们没有钱买圣诞礼物送给我们的恩人，就让我们为我们的恩人祈祷吧。"

小男孩跟随妈妈祷告完毕，向妈妈要了一把铲子便跑出去，他来到一座别墅前的花园里，开始挖坑。

就在他快要挖好坑的时候，从别墅里走出一个人来，问他在干什么，小男孩抬起满是汗珠的脸蛋，说："教练，圣诞节到了，我没有礼物送给您，我愿给您的圣诞树挖一个树坑。"

教练把小男孩从树坑里拉上来，说："我今天得到了世界上最好的礼物。明天你就到我的训练场去吧。"

3 年后，这位 17 岁的男孩在第六

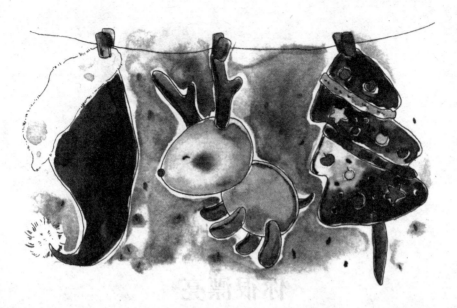

届世界杯足球赛上独进6球，为巴西捧回了第一个金杯。一个原本不为世人所知的名字——贝利，随之传遍世界。

　　天才之路都是用爱心铺成的，并且在铺成这条路的所有的爱心中离不开天才人物自己的不懈努力。

成长笔记

　　天才，不是与生俱来的，而是汗水与爱心打造出的强者。贝利的成功正是他付出了辛勤的汗水，懂得爱的价值，才能怀着感恩的心回馈别人的爱，才能义无反顾地努力向前，从而取得世人瞩目的成绩。

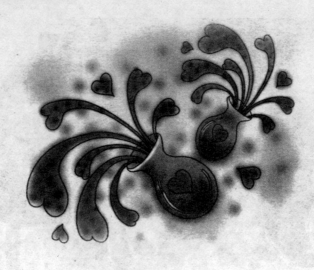

你很漂亮

张丽钧

  在新疆的高昌古城，我们的参观团遇到了一群推销小铃铛的小姑娘。小姑娘都是六七岁的年龄，大眼睛忽闪着，浓密的睫毛让人生出想去检验一下真伪的欲望。我买了一个小女孩的铃铛，其他的孩子立刻"嗡"地围过来，强行将她们的铃铛往我手里塞。我说我要不了那么多，她们却一定让我要。我十分无奈，只好将包里的口香糖送给了一个黏我最紧的女孩。女孩接过口香糖，用浓重的口音一字一顿地对我说："你很漂亮！"我听了很吃惊，没料到她会说出这样的话来。我弯下腰，抚摸着她满头的小辫子说："你才漂亮。"

  小姑娘们继续跟着我们的团队走。拿到口香糖的女孩不停地朝同伴炫耀着，可当同伴向她伸手讨要时，她却把攥着口香糖的手藏到了背后。小姑娘们跟定了我们团里的女士，一副不达目的不罢休的样子。为了甩掉这些小尾巴，我示意姐妹们送她们一点小食品，于是，大家纷纷拿出了话梅、巧克力。我发现，不论哪个小姑娘，只要一接到礼物，一定会对施舍者说一句："你很漂亮！"最后统计，我们团里所有的女士（包括最无姿色优势与年龄优势的女士）无一例外地统统得到了这样一句恭维话。

在接下来几天的时间里，"你很漂亮"成了我们团的一句流行语。有人给你递了一瓶水，你要说"你很漂亮"，有人给你开了一下门，你要说"你很漂亮"。有位先生，尽职地为"唱山歌"的女士们站岗，最后博得众姐妹异口同声的一句赞美："你很漂亮！"那位先生苦笑着，说："这真是世界上最歹毒、最恶俗的一句赞美语。"

我不知道是谁教会了小姑娘们这句汉语，也不知道小姑娘们在说这句话时是否懂得它真正的含义，我只是觉得满心不舒服，为了这个被贱卖的句子，为了孩子过于讨巧的嘴巴。

我想，贫穷对人心和人性的扭曲是多么叫人惊骇。正义的丧失，良知的泯灭、抢劫、偷窃、行骗、卖淫，在所有这些"疾患"当中，都可寻到"贫穷"的病菌。这些"硬伤害"足以让人悲伤叹惋，而常被我们忽略了的"软伤害"更是惹得人泫然泪下。为了使自己的口腹之欲得到暂时的满足，可以放弃尊严；一旦自己卑微的愿望得以实现，可以违心谄媚。在这样小小的年纪，骆宾王在咏鹅，杜甫在咏凤凰，而这些孩子，却要苦苦修炼功利狡黠、心口不一，为的是在苦涩的生活当中为自己赚取一点点的甜味。

"你很漂亮"，我不要这句刺耳的恭维语，我只希望一个六七岁的女童本真、率直甚至略带一点刁蛮地望着我，用属于自己的声音和我对话。

成长笔记

孩子们天真无邪的心灵本该无一点杂尘，可是由于生活所迫，他们却丢掉了天真、纯洁，不禁让人感到辛酸。人不应因为周围的客观因素而改变自我，应保持积极的心态，通过积极的行动找到属于自己的幸福。

有一种天真

徐彩云

在我手忙脚乱地往头上缠发卷的时候，楼下的电子门铃响了起来，糟糕，我心想，这时候客人来访，可我的头发还没做好呢，我急匆匆赶去提话筒。

"请问是谁?"我接连问了两遍，没有回答，这电子玩意儿在跟我开玩笑吧，我把话筒放好，赶回去继续弄我的发卷。

叮咚，叮咚，门铃又倔强地响了起来，我的手脚一乱，落了很多未稳的发卷，滚在沙发边，钻进床底，真是一片狼藉。"到底是谁?"我没好气地冲着话筒喊，可还是没有回答。

又是那些孩子在捣乱吧? 我气坏了，当初叫工人把按钮放高些，好让顽皮的孩子够不着，可就是没人理会，我气愤地正想挂话筒时，突然听到那里传来极腼腆的声音:"我奶奶家在哪儿?"是一个女孩的声音，很稚嫩。

"你奶奶姓什么，住几楼?"我问。"我出来追狗狗的时候，找不到回家的路了。"小女孩很悲凉地说。我又好气又想笑，这女孩把门铃当成问路器了，大概以为按下某个按钮，就可以得到指引。

"我怎么知道你奶奶家，你问其他人吧。"我回答说。"可……可是，我还没吃晚饭。"小女孩很认真地说，在我沉默的时候，她竟哇哇大哭起来，说："你为什么不带我回家？"孩子的哭声里有一种让人不可抗拒的力量，我赶紧说："好，好，等着阿姨下来，你别哭了。"

缠着满头发卷的我抱着一个泪痕未干的女孩，严格地说，是一个极美的女童，在她含混的指点下，我们终于来到某栋单元楼下，她的父母正焦急地站在院子里等待着她。

"你跑哪儿去了，急死我了。"孩子的母亲差点掉下眼泪。"是我按了电钮，她带我回来的。"小女孩指着我，仍执迷不悟地认为她是按了问路器，得到了理所当然的帮助。孩子的父母对我表达着感激，小女孩却得意地说："只要按一个按钮，就有人带我回家。这是丹丹告诉我的。"

对，我爱怜地捏着女孩的手，她说得对，只要这种天真存在，她就有理由得到帮助，为什么不呢？我披着发卷，扮演了别人眼中的一位天使，这是一件多么美妙的事，孩子是相信善良的。此刻，我也是。

成长笔记

不要以为孩子无意的行为是他们的恶作剧，因为那颗涉世未深的心，对这个世界有太多好奇又简单的理解。用一双善良的、宽容的心去看这个世间的人和事，你会发现这份可爱与天真不仅属于这些小天使们，也属于所有人。

天鹅与黑雁

邓迪 译

在我们居住的马里兰州的东海岸，蔚蓝色的海水泛着层层波浪，舔舐着海滩，在若干礁石之中形成了许多小溪和海湾。

黑雁知道这个美妙的地方，天鹅也知道这是一个好去处。秋天，数以千计的天鹅在回家乡过冬的途中都喜欢停歇在这里。它们在水里嬉戏，互相梳理羽毛，高兴的时候还引吭高歌，叫上一嗓子。而天鹅最美的时候是贴近水面起飞降落的那一瞬间。天鹅身段优美、轮廓秀丽、动作柔和、神情悠然、优雅高贵。和它们混杂在一起的还有不少黑雁。黑雁虽不如天鹅温柔美丽，但也淡雅洒脱、秀逸冷傲。黑雁和天鹅互不干涉、互不理会，彼此冷漠而平静地相处。

每年都有一段时间，这里天气寒冷，冰雪覆盖。就在这种天气下的一个黄昏，我妻子在面对海湾的餐厅里摆放桌子的时候，忽然喊了起来："快来看，那儿好像有一只黑雁。"

我跑向书橱，取了一架望远镜。通过望远镜，我看到一只黑雁紧夹着翅膀，身子僵硬，双足被冰冻住。

接着，我又看到落日映红的天边飞来了一条白线。这是一支天鹅的队伍。它们一字排开，由西往东，悠然展翅。领头的天鹅转身往右，于是刚才的白线就变成了一个圈。白圈由高往低降了下来，最后就落在了冰上。我心中骤然紧张。天鹅把这个冻住的黑雁团团围住，会发生什么样的事情呢？要知道，天鹅的喙大而有力，假如它们对这个可怜的黑雁群起攻之，黑雁的结局将不堪设想。

然而，这些大而有力的喙不是啄向黑雁，而是不停地敲击着它附近的冰块。它们漂亮的长颈抬起来又弯下去，一次又一次，持续了很长时间。终于，冻住黑雁的冰块只剩下身边的一小块了。这时，天鹅腾空而起，在黑雁的上方盘旋。黑雁仰起头，身子往上提，很快它就从冰块里挣脱出来，站在了冰的上面。它缓缓地走了几步。天鹅在空中注视着它。然后，黑雁哀鸣了一声，好像是说："我不能飞了。"立即，有四只天鹅重新降落到冰上。它们围住黑雁，用喙刮它的翅膀，由上而下，由外至里，将裹住羽毛的冰或削去或融化。然后，仿佛是试验一样，黑雁先是抖动翅膀，接着长长地伸展后再合上，如同演奏着的手风琴。

当黑雁能够完全自由地舒展翅膀时，四只天鹅又飞腾升空，回到了一直在上空盘旋的伙伴们的队伍中。然后，这支队伍又以优美的队形继续它们往东的旅行。

那只黑雁稍作调整之后，凌空飞翔，以不可思议的速度追上天鹅的队伍。

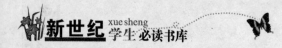
它兴奋得一路高声歌唱，简直像小孩子加入了哥哥们的队伍那样欢天喜地。

我和妻子久久地遥望着它们，直到它们从远处丛林的树梢上空消失。当黄昏的色彩由金黄变为灰色，我和妻子才彼此注意到对方的眼角竟都挂着泪珠。

对于这个真实的故事，我不想多加解释，但是每当我听说有人处在死亡边缘，却无人伸出援手，甚至有人站在旁边当"看客"的事情发生时，我总会想到这样一个问题："禽尚有见义勇为之举，何况人乎？"

成长笔记

　　文中的天鹅给我们上了生动的一课，动物尚能相互帮助，当我们面对困境中的人，不要袖手旁观，真诚地伸出关爱之手，也许就能使他闯过最艰难的一关。这不仅仅是一种美德，更是一次心灵的洗礼。

只有三分钱

华庆富

40 年前，杰米还是一名 6 岁的小学生。他的家庭非常贫困，每天他都是默默地一个人来上学，又默默地一个人走回家，一路上他几乎从不抬头。

一天，品行课的老师玛丽小姐在课堂上让全班的 24 个孩子写下自己最大的梦想，由她替他们保存，看看将来谁能通过努力实现今天的梦想。

班级立刻炸开了锅，孩子们跃跃欲试，有的孩子甚至有好几个梦想，自己都不知道究竟确定哪一个。只有杰米独自坐着发呆，他从不敢奢望有梦想，家里那么贫困，自己怎么可能实现梦想呢？这时，玛丽小姐笑盈盈地走了过来，柔声问道："杰米，你还没有说自己的梦想呢？"

杰米红着脸嗫嚅道： "老师，我……我什么梦想也没有……"

杰米的话立刻引起了一阵哄堂大笑。"孩子们，请安静！"玛丽小姐摊开双手做着向下压的手势。

玛丽小姐在杰米面前蹲了下来，用一种鼓励的目光望着杰米说："杰米，你开动脑筋想一想，你一定会想出你的梦想的。老师等着你呢！"

"可是老师，我真的什么梦想都没有！"

"那么这样吧，你可以在全班有多个梦想的同学那里买一个梦想过来！"

"可是老师，我只有三分钱啊。"

"够了，足够了！"玛丽小姐认真地说。于是，在玛丽小姐的见证下，杰米花三分钱购买了同学的一个梦想：到埃及去旅游！

尽管当时杰米连埃及在什么地方都不知道，可他开始为这个梦想而努力。

他不再漫无目标，他的成绩逐渐上升。后来他考上了著名的华盛顿大学，在大学的图书馆里认识了同样是埃及迷的妻子。终于有一天，杰米携妻带子来到了他梦想开始的地方——迷人的金字塔国度埃及。

几年之后，杰米通过打拼已经拥有了 6 家总价值 3000 万美元的超市。

所以请你们不要吝啬自己对别人的鼓励，也不要束缚自己对未来的野心。或许不经意间，你就能够创造一个奇迹。

成长笔记

　　为自己找一个梦想，你就会有人生的目标、奋斗的动力。怀有崇高的理想，始终鞭策自己，鼓足勇气朝着这个目标前进，用你的努力和奋斗让你的梦想早日实现！

打牌与人生

[美国] 雷切尔·雷曼

我从小养成占卜的习惯，每逢大事都要算一下吉凶。好运意味着幸福、顺利、没有痛苦；噩运则完全相反。我曾沉迷于此，如今我却不再相信命运。正如我父亲，一个纸牌的狂热爱好者所言："关键不在于你摸到的牌，而是你的打法是否高明。"

我们家几乎每个人都曾被父亲"拉壮丁"打牌。他精通牌理，工于计算，并且身经百战。往往刚打出五六张牌，他就能根据已经打出的牌和他自己手中的牌，相当准确地说出你手里有什么牌，你需要什么牌才会赢，很少失误。他会攥住那些你需要的牌不出，直到摸到他自己需要的牌一举获胜。他经常同朋友们打牌，在家里弥漫的雪茄烟雾中，他几乎每局必赢。

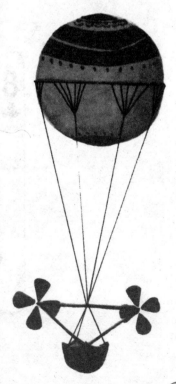

母亲打牌全靠直觉，从不墨守成规。她随意地拆开顺子，把相配的牌打掉，刚刚抓到手里的牌转眼掷出，但是爸爸却常常打不过她。我记得每当她把她的三张 J 中的一张丢出的时候，父亲就怒吼起来，因为她理当保留这三张牌，等待摸到另外一张 J 时再出牌。父亲会咆哮道："格拉迪斯，你不能那样打。"母亲则带着淘气的笑容无辜地看着他，说："但是我打了，雷。"最终父亲拒绝跟她打牌，他告诉我："她的打法不讲道理。"

父母在餐桌上打牌的情形是我最美好的家庭回

忆。它不但热闹有趣，也是我童年的最初一课。我学到游戏不必墨守成规，还有我意识到我们知道许多连自己都无法解释的东西。因此，遵从你内心深处的智慧，也许就是最好的生活方式。

成长笔记

哲人乔·比杜斯曾说过："人生并不在于你拿到多少好牌，而在于你如何打出你手中所有的牌。"打牌与人生，正如下棋与人生，或步步为营，或从容不迫，你亲自经营的过程，决定了你未来的结局。

幸福午餐

薛　峰

曾经有好多年，当我打开饭盒吃午餐时，都会觉得那是一天中最幸福的时刻。

妈妈的烹调手艺十分高超，哪怕只是一种简单的蔬菜，都会弄得有滋有味。于是每天中午当我享用着美味的午餐时，都会感到无比幸福。那时家里并不富裕，妈妈却尽心尽力照顾我正在成长的身体，调换着花样儿给我安排饭菜，让我吃得既舒服又可口。有些时候，饭菜中还会多一个煎鸡蛋或一块肉，一起吃饭的伙伴们常被色香味诱惑，伸过勺子到我的饭盒里面"淘金"。

然而，孩童时代的心是多么不体谅母亲的含辛茹苦啊。记得一个冬天的中午，我们班上一位家境富裕的孩子捧着饭盒向大家炫耀，说是自己想吃什么家里就给做什么，冬天还能吃上西红柿炒鸡蛋呢！当时，几乎所有的孩子都望着他饭盒里金灿灿红橙橙的美味咽着口水，要知道那时候能在冬季吃到西红柿实在是一种奢侈！晚上回到家，我把白天的事讲给妈妈听，结尾还加上自己的感叹：要是我也能吃上西红柿炒鸡蛋该有多幸福啊！

事隔两天后的中午，当我打开饭盒的一刹那，被那一盒金灿灿红橙橙的东西惊呆了。那个中午，我捧着饭盒坐在无人的角落，一种强烈的自责与不安弥漫了我的心，在以后的许多日子里，我曾一遍又一遍地想象着妈

妈在寒风中徘徊于菜市场寻找西红柿的情景。而为了这一餐奢侈的饭菜，她会在以后的几天里加倍地精打细算。

就这样，母亲总是在尽力给予我她所能给予的，更重要的是，她想极力弥合我隐约间渗透的那一种"孩子间不平等"的感觉，这是怎样的良苦用心啊！

现在的孩子真正拥有了"想吃什么吃什么"的幸福童年，然而他们对饭桌上的菜肴却又有了更多的挑剔。我很想对他们说：无论是什么样的饭菜，只要是妈妈亲手做给我们的，那其实都是满满一饭盒的幸福啊。我多么希望每一个享用着如此厚重的亲情的人，能够在体味幸福的同时，体味母爱。

许多年过去了，我早已不再麻烦妈妈替我装饭盒，甚至我时常为妈妈准备第二天要带的饭菜。每当我做这些，总会不经意地想起过去的岁月，便禁不住再多夹一块肉放入妈妈的饭盒里。

成长笔记

世界上有许多珍馐美味、佳肴大餐，但无论它们有多么好吃，都比不上母亲亲手烹调的一餐家常便饭。因为那饭里有母亲对我们的爱，菜里有母亲对我们的情，这样的饭菜是无上的美味。

距　离

刘燕敏

柴可夫斯基和梅克夫人是一对相互爱慕而又从未见过面的恋人。梅克夫人是一位酷爱音乐、有一群儿女的富孀，她在柴可夫斯基最孤独、最失落的时候，不仅给了他经济上的援助，而且在心灵上给了他极大的鼓励和安慰。她使柴可夫斯基在音乐殿堂里一步步走向顶峰。柴可夫斯基最著名的《第四交响曲》和《悲怆交响曲》都是为这位夫人而作的。

他们从未见过面的原因并非他们二人相距遥远，相反他们的居所仅一片草地之隔。他们之所以永不见面，是因为他们怕心中的那种朦胧的美和爱在一见面后被某种太现实、太物质的东西所代替。

不过，不可避免的相见也发生过。那是一个夏天，柴可夫斯基和梅克夫人本来已各自安排了自己的日程：一个外出，另一个一定留在家里。但是有一次，他们终于在计算上出了差错，两个人同时都出来了，他们的马车沿着大街渐渐靠近。当两驾马车相遇的时候，柴可夫斯基无意中抬起头，看到了梅克夫人的眼睛。他们彼此凝视了好几秒钟，柴可夫斯基一言不发地欠了欠身子，孀妇也同样回礼，就命令马车夫继续赶路了。柴可夫斯基一回到家就写了一封信给梅克夫人："原谅我的粗心大意吧！维托蕾托夫娜！我爱你胜过其他任何一个人，我珍惜你胜过世界上所有的东西。"

在他们的一生中，这是他们最亲密的一次接触。

现在想来，柴可夫斯基和梅克夫人是在用距离创造美——创造迷人的朦胧，创造向往和动力。他们是聪明的，他们没有让欲念任意驰骋，而是把爱的欢乐放在和理性等距离的位置上，让它升华成崇高的品格，升华成完美的人性，升华成一个永恒的故事。

就女人而言，距离如火，它可以带给你温暖，也可以把你化为灰烬；就男人而言，距离如水，可以载舟，也可以覆舟。就爱而言，距离不再是空间意义上的长度，而是交往的层次和质量。推而广之，它也是生存的艺术。

成长笔记

　　"距离产生美"是我们熟知的一句话，但是在这对始终保持距离的恋人面前，我们还是从心底发出真诚的感叹。"两情若是久长时，又岂在朝朝暮暮"。这对恋人为我们揭开了人类最真实的面纱，诠释了爱慕下的羞涩与珍视。

你也能写一本书

园 达

教育系本科班的学生要毕业了。

离校前夕，教授给同学们讲了这样一个故事：

国外有一家出版公司要出版一本超级畅销书。为了让这本书一炮打响，他们请来策划专家出谋划策。专家出了这样一个主意：出一本书，书的名字就叫《你也能写一本书》。这本书除了封面、扉页之外，里面既不印字，也不印图，全是白纸。凡是购书者只要把自己想写的书写在上面，然后寄回公司，公司将会派专人认真审阅，并从中选出几部最佳作品出版。

此举一出，举国轰动。几十万册"书"很快销售一空，为公司赢得了丰厚的利润。

记者采访专家为什么会有这样出奇制胜的创意，专家微笑着说："只有不把书当书卖才能卖得比书更好。"

"那你把这本书当什么卖呢？"

"我把它当本子卖。"

讲完故事，教授让大家各抒己见。绝大多数同学都赞叹商务专家超凡脱俗的想象力，他出奇制胜的怪招令人不得不叹为观止！

只有一个大学生说："我觉得这是一则关于教育的寓言：教师只有放下僵化的书本，变成一个能够让学生充分发挥自己想象

力和创造力的本子，让学生自己去写，而不是强行灌输，才能充分调动学生的
积极性，才能担负起教书育人的神圣使命！"教授颔首微笑。这一课，从此成
为大家大学时代最难忘的一堂课。

成长笔记

现在的教育更加倾向于能力的培养，素质的提高，过去的死记硬
背，已不再适应当前时代的需要，因而应当让思维活跃起来，使人不拘
泥于书本上的知识，获得独立发展的能力，这样才称得上是真正的
教育。

那一刻决定成败

沈湘 译

美国一家球星经纪公司有位女业务代表，她是有名的工作狂。她极具慧眼，凡是被她看好的篮球新人，日后几乎都能成名。有一段时间，她盯上了德国篮球新秀迪文·乔治。从此，只要有乔治出现的地方，她一定会出现。

她不仅要跟随乔治满世界飞来飞去，还要照顾他的日常生活。她要让乔治感觉到，她很关心他，这样才有可能成为乔治的经纪人。

有一次，就在她刚刚忙完了乔治的一场篮球训练赛，又得知巴黎有一场公开赛邀请了乔治。这时，本已极度疲劳的她还想跟过去为乔治捧场。主管担心她会因过度疲劳而耽误大事，建议让其他人代劳。结果她极力说服了主管让她去，因为她还从没失手过。终于，她准时赶到了巴黎，并顺利见到了乔治。

当天晚上，在一个为选手和记者们准备的宴会上，她像一位女主人一样照顾乔治，并为他介绍来自世界各地的来宾。当篮球名将约翰逊出现在他们面前时，她热情地准备为乔治作介绍，因为她跟约翰逊是老熟人，而约翰逊又是乔治的偶像。就在她很有礼貌地说："这位就是美国篮球名将约翰逊，这位是……"她支吾了半天，居然将乔治的名字给忘记了！可想而知，那天的情况糟糕透了。

后来，乔治进了洛杉矶湖人队，果然成了篮球名将，可是却与她和她所在的公司没有任何联系。不要认为只要付出就一定会有回报，这是错误的。学会有效地工作，这是经营自己强项的重要课程。

成长笔记

工作的过程中，不仅要勤奋、努力，而且要讲究效率。效率会让我们大步迈向成功，获得更大的发展。这就需要我们先整理好思路再去做具体的事情，这样才能事半功倍，有所收获。

追赶时间的松山真一

楼玉青

  松山真一是日本航空运行技术部性能组组长。很长一段时间，人们只知道他拥有和我们同样多的时间，但要做比我们更多的事，却不知道他是怎样办到的。

  松山真一每天阅读一本书，读完后写出书评，然后发送给网络杂志。因见识独到，评论精妙，许多书评被反复转载，约有 10 万之众的读者。

  松山真一每天早上 6 点起床，赶搭头班车上班。因为家离公司较远，车上有将近 2 小时的路程，松山真一决定将这段时间用来读书，不是为打发时间的泛泛乱翻，而是像上阅读课一样认真研读。

  8 点钟到公司后，在尚无一人的办公室，松山真一开始全神贯注地梳理一天中要做的事项，并逐一记在行事历上，然后依据轻重缓急等不同程度标明序号以及完成时间，时间精确到以分计算。

  即使在这段无人的时间，松山真一也严格要求自己端坐在桌前，因为他一贯相信人处于什么样的状态就会做什么成效的事情。

  等 9 点钟上班时间到了，其他同事匆匆忙忙赶来时，松山真一已在万事皆备、引擎全开的状态中开始新的一天了。

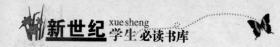
晚上下班回家的途中，松山真一凝神思索早上所读的书，构思好自己的书评，晚上吃完饭，便一挥而就，一个闲适、美满的晚间时段开始了。

成长笔记

　　人们总爱抱怨工作繁忙，没有时间做自己想做的事情，在不知不觉中任时间在忙乱中匆匆流逝。因此，请为自己制订一个科学、合理的计划，珍惜生命的分分秒秒，你会大有收益。

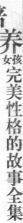

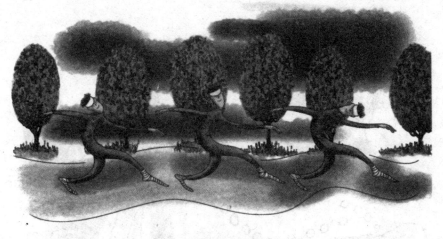

现在就做

丹尼斯

在我为成年人上的一堂课上，我给全班留了一个家庭作业。作业内容是：在下周以前去找你所爱的人，告诉他们你爱他。那些人必须是你从没说过这句话的人，或者是很久没听到你说这些话的人。

这个作业听来并不难。但你得明白，这群人中大部分年龄超过 35 岁，那个年代成长起来的他们觉得被教导表露情感是不对的。所以对某些人而言，这真是一个令人震惊的家庭作业。

在下一堂课开始之前，我问他们，是否有人愿意把他们对别人说他们爱他而发生的事和大家一同分享。我非常希望有个女人先当志愿者，就跟往常一样。但这个晚上有个男人举起了手，他看来深受感动而且有些害怕。

他从椅子上站起身子（他有 1.85 米高），他开始说话了："丹尼斯，上礼拜你布置给我们这个家庭作业时，我对你非常不满。我并不感觉有什么人需要我对他说这些话。还有，你是什么人，竟敢教我去做这种私人的事？但当我开车回家时，我的意识开始对我说话。它告诉我，我确实知道我必须向谁说'我爱你'。你知道，五年前我的父亲和我交恶了，从那时起这件事就没有真正解决。我们彼此避免见面，除非在圣诞节或其他家庭聚会中非见面不可。尽管如

此，我们还是几乎不交谈。所以，上星期二我回到家时，我告诉我自己，我要告诉父亲我爱他。

"说来很怪，作这决定时我胸口上的重量似乎就减轻了。"

"我一回到家就冲进房间里告诉我太太我要做的事。她已经睡着了，但我还是叫醒了她。当我这样告诉她时，她还没完全清醒，却忽然抱紧我，自从我们结婚以来，这是她第一次看见我哭。我们聊天、喝咖啡到半夜，感觉真棒！"

"第二天，我一大早就急忙起床了。我太兴奋了，所以昨晚我几乎没睡着。我很早就赶到办公室，两小时内做的事比从前一天做的还要多。"

"9 点钟我打电话给我父亲，问他我下班后是否可以回家去。他听电话时，我只是说：'爸，今天我可以过去吗？有些事我想告诉您。'我父亲以暴躁的声音回答：'现在又是什么事？'我跟他保证，不会花很长时间，最后他终于同意了。"

"5 点 30 分，我到了父母家，按门铃，祈祷我父亲会出来开门。我怕是我母亲来开门，这样我会因此丧失勇气，干脆告诉她代劳算了。但幸运的是，我父亲来开了门。"

"我没有浪费一丁点儿的时间——我踏进门就说：'爸，我只是来告诉你，我爱你。'"

"我父亲似乎变了一个人。在我面前，他的面容变柔和了，皱纹消失了，他还忍不住哭了。他伸手拥抱我说：'我也爱你，儿子，而我竟没能对你这么说。'"

"这一刻如此珍贵，我企盼时间凝止不动。我母亲满眼泪水地走过来。我弯下身子给她一个吻。父亲和我又拥抱了一会儿，然后我离开了。长久以来我很少感觉这么好过。"

"但这不是我的重点。两天后，我那从没告诉我他有心脏病的爸爸忽然发病，在医院里结束了他的一生。我并不知道他会如此。"

"所以我要告诉全班的是："你知道必须做，就不要迟疑。如果我迟疑着没有告诉我父亲，我可能就再没有机会！把时间拿来做你该做的，现在就做！"

成长笔记

　　希望每个人都有一颗包容的心，时间会让我们明白爱的含量，倘若没有把握好时间，爱也会让我们知道它存在的价值。因此，把握当下的分秒，现在就行动——为爱。

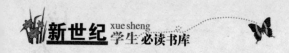

我生命中最美好的时光

[加拿大] 克姆普·乔　胡 敏　译

再过两天我就 30 岁了。但我却不安于踏入生命中的这个新 10 年，因为我担心我最美好的时光即将不在了。每天上班前去健身房做一下运动是我的习惯之一，而每天早上我也总能在那儿见到我的朋友尼古拉斯。他是一位已经 79 岁，却十分矫健的老头。

在这个有些特别的日子，当我和他打招呼时，他注意到了我没有像往日那样精神，就问我是否出了什么事。我就告诉了他我对进入 30 岁感到的困惑。因为我很想知道当我到他这个年纪时我又将怎样回顾自己的生命历程，于是我便问："什么时候是您生命中最美好的时光呢？"

尼古拉斯毫不犹豫地回答道："好吧，乔，对于你这个问题，正是我所能坦然回答的。

"当我在奥地利还是孩子时，一切都被照料得很好，并在父母的细心呵护中长大，那是我生命中最美好的时光。"

"当我进入学校学习我今天所了解的知识时，那是我生命中最美好的时光。"

"当我获得第一份工作，重任在肩，拿到我努力所得的报酬时，那是我生命中最美好的时光。"

"当我遇到了我的妻子而坠入爱河时，那是我生命中最美好的时光。"

"二战爆发了，为了生存我和妻子不得不离开奥地利。当我们一起安全地坐上了开往北美的轮船时，那是我生命中最美好的时光。"

"当我们来到加拿大共同创建我们的新家时，那是我生命中最美好的时光。"

"当我成为了一名父亲，看着我的孩子们成长时，那是我生命中最美好的时光。"

"现在，乔，我 79 岁了，身体健康，感觉良好，而且依然深爱着我的妻子。所以，现在就是我生命中最美好的时光。"

成长笔记

　　这位智慧的老人给我们上了一堂生动而又富有哲理的课：把握现在，把握当下，昨天已经是紧闭的大门，明天是无法触摸的未来，只有今天是那么清晰与真实。只要我们愿意，生命中的每一段时光都可以成为最美好的时光。

生活细节

许云倩

夸张地说，细节有时候可以决定命运。这是我那天在电视里听宋丹丹谈婚姻爱情时想到的。宋丹丹说，她的一个女友在一次旅途中对一位男士特别有好感，可是仅仅因为那男士偶尔露出了一个带土气的字，什么美好的感觉都破坏殆尽了。

还在大学时，我的一位女同学也曾发表过同上述观点相似的说法。她说，假如有个男同胞在她面前打个嗝，那么哪怕他再优秀，也绝无同他发展下去的可能。这话多少有点孩子气，也近乎苛刻了，但有时候，这样的细枝末节还真能左右人的选择。

记得很久以前我父亲的一个学生经人介绍认识一位容貌平平的姑娘，第一次见面后他决定继续保持联系的一条重要的理由就是：当他们在看电影的时候，那个女孩吃完了手中的冷饮后，把包装纸缠在木棒上始终拿在手里，直到走出影院才投进垃圾箱。她做得非常自然，不像是故意做出来的。仅此一个细节，她体现出了自身的教养；仅此一个细节，他们终于喜结连理。另一个女友在决定终身大事时，也强调细节，有一次那位先生在离开宾馆的房间时，将房间里的灯一个一个关掉，那一瞬间，她决定：就是他了！

对于细节的敏感不仅仅体现在婚姻恋爱的选择上，在日常生活中，对于一个人的评价等等，也时常要受到一些细节的影响。记得一个蛮有名气的女作家曾表示，她无法忍受异性肩膀上的头皮屑。我呢，比较注意的是走玻璃弹簧门。很多人进门后便潇洒地一放手，根本不顾跟进的人被门撞到。每次走到门前，只要前面有人，我都基本做好被撞的准备，缓步或用手去挡。有时候，我还离门好远，一个不相识的人在那里为我挡着门，直到我接过那扇门，我会非常感动，很唯心地想，这样的人，一生大致不会做什么坏事。

成长笔记

　　在许多人眼中，生活细节并没有得到重视，实际上，这些被忽视的细节才恰恰体现了一个人的品位、修养与习惯，正所谓细节决定成败。"小处不可随便"，说的也是个道理。

快乐生活比第一重要

雪小禅

那天，一家人一起看王小丫主持的《开心辞典》，不时哈哈大笑。这个节目，充满了智慧和人性的美丽。

总有梦想会被实现，也总有更多的陷阱虚位以待，而王小丫的微笑永远不败，不停地问你"继续吗"？继续下去，或者成功，或者失败，退回到原点。这是逆水行舟的世界，不进则退。

答对 12 道题的人并不多，往往是到 3 道、6 道或者 9 道题的关卡，因为一次失误，前功尽弃，被淘汰出局。但是选手依旧选择"继续"，面对这种刺激的新玩儿法，都不愿停止。

当时，我正在犹豫是否考研。就业压力太大，周围的人都纷纷考研考博，寻求暂时的避风港，可是，我需要继续读下去吗？我更渴望工作，到社会的风浪里磨炼自己。

读大二的弟弟一直劝我："姐，考研吧，现在大本还上哪儿混去啊？"

"学历并不能证明一切。"

"可是你想要出人头地就得读更多的书，继续向前！"

我无言以对。

思绪再跳到电视屏幕。新的一位答题者很幸运，已经闯到了第 9 道题。3

个求助方法他已经全部用完，而这个题他毫无把握。他怀孕的妻子就在台下，关切地看着他。

王小丫又在问："继续吗？"

"不。"思索片刻，他眉头开了，很肯定地说："我放弃。"我一愣，王小丫也一愣。很少有人放弃，尤其在全国电视观众面前。兴许机遇好，蒙对了呢？弟弟不屑地说："真不像个男人。太保守了！答错了往回扣分嘛，怕什么？"

王小丫继续问："真的放弃吗？"她一连问了三次。他一丝犹豫都没有，点头说："真的放弃。""不后悔？"王小丫问。他笑着说："不后悔，我设定的家庭梦想都已实现。应该得到的，已经得到了。"这样，他只答了9道题，没有冲向完美的12道。男主持人问他："如果你的孩子长大后问你，爸爸，那天在《开心辞典》你为什么放弃？你怎么回答？"他说："我会告诉孩子，人生并不一定非要走到最高点。"主持人问："那你的孩子又问，那我以后考80分就满足了行不行？"他笑着回答："如果他已经付出最大的努力，如果他对80分也满意，我赞同。不是每个人都要拿第一，人生中懂得放弃才会得到更多。"

全场响起了热烈的掌声。

那是一种更豁达的人生态度吧。从来我们都认为要永远追求，要一直向前，哪怕跌得头破血流。爬山时我们要达到山顶，怕停在半山腰被人讥笑；跑步时我们要撞到红线，仿佛那样才能触碰到幸福。

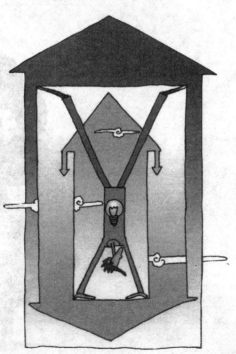

可是为什么要继续？也许半山腰的风景更美丽。因为空气浓厚，各式各样的植物蓬勃生长；也许第一名还不如第二名幸福，因为除了胜利，人生还有更多别的趣味。

是的，人在学会进取的同时，也应该学会放弃。放弃也是一种智慧、一种美丽。放弃的选择，是我们准确地衡量自己、把握自己之后作出的最现实的决定，它不是保守，不是退缩，而是为了保护自己想要的一切。

于是，我决定彻底放弃考研，到一家公司从秘书做起，脚踏实地地寻找属于自己的天空。不奢求总是拿第一，但是，不能不快乐生活。

成长笔记

人生的道路各不相同，有的一帆风顺，有着"人生得意须尽欢"的潇洒；有的历尽坎坷，却仍有"飞雪压枝吐冷香"的坚韧。但无论哪一种，只要无悔，心亦坦然，有舍有得，能舍亦能得，才成就了人生的百般风景。

用心脏生活

范晓波

我一直反对用成熟或者幼稚之类的词汇来衡量一个人的进步程度,因为这是一种基于大众准则的理性判断,并不能涵盖一种更接近诗意的生存。

我二十岁左右的时候,经常因为过于率真浪漫而在为人处世上发生事故,所以便用法国著名风景画家柯罗来抵挡别人对自己许多可笑举止的嘲笑。因为那么伟大的柯罗对社会常识知之甚少,以致父母从不放心他一个人单独出门,他五十多岁了,外出还必须向母亲请假。

柯罗的幼稚也许是因为他沉醉于对美的探索而忽略了对生活技能的演练,可以相信的是,他在画布上不会迷路,并因此比那些成熟的人领略到了更多的人生辉煌。

还有另一种不成熟的人,他们无法学会和适应流行的价值准则。他们是时代的水土不服者,或者说他们眼里根本就没有那些公共绿地的栅栏,孤独的身

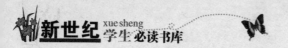

影骄傲地掠过人群的尖叫和愤怒。

　　曾读过一个故事：一个欧洲商人在太平洋的一座小岛上发现一个老者用手编的草帽很漂亮，每只售价 20 比索。商人想倒卖一些到欧洲去，便问老者："如果买 1 万顶可以便宜多少？"老者却答："每顶还要多加 10 比索，因为编 1 万顶相同的帽子会让我乏味而死。"

我真是爱极了这个老人，他用近于天籁的声音，对自以为是的商业法则说了一声"不"。

能列出的前辈还有许多。他们飞行在芸芸众生的头顶，相似的身影重叠在一起，成为我的精神教父，鼓励我在森林之外长成独特的一棵树——不计后果地爱，绝不含糊地恨，到了30岁还相信光荣与梦想。

有一种人，他们取舍生活的主要依据不是得与失，甚至不是世俗意义上的对与错，他们的人生指南里只有美与丑、泪水或者麻木之类的路标，他们不一定能取得所谓的成功，但胸腔里永远装满了感动与幸福。

他们和人群最大的区别在于：人们习惯于用大脑指导人生，而他们，更喜欢用心脏生活。

成长笔记

社会有着约定俗成的法则与运行规律，融入其中的我们已慢慢地被束缚其中却浑然不觉，其实成功未必是最重要的。用心去生活的人可以不计较得失，变得从容而快乐，可以在平淡的日子里发现感动，体会生命中的纯真和美好。

幸福的线头

亦 夫

记得陈丹燕在《上海的金枝玉叶》里写到一位富家小姐,上海永安公司老板的千金——真正的金枝玉叶,从小锦衣玉食,奴仆成群,解放后,她还留在国内,但在经年不息的"革命"里,沦落到了下乡挖鱼塘清粪桶的地步。多年过去,物是人非,什么都改变了,包括她的那双手。但是,她竟然还要喝下午茶。家里被一次次"革命"扫荡,一贫如洗,烘焙蛋糕的电烤炉早已不见了踪影。怎么办?她自己动手,用仅有的一只铝锅,在煤炉上蒸蒸烤烤,在没有温度控制的条件下,巧手烘烤出西式蛋糕。就这样,悠悠几十年,她雷打不动地喝着下午茶,吃着自制蛋糕,怡然自得,浑然忘记身处逆境,悄悄地享受着劫后残余的幸福。

有一次,她带着女儿到北京,探望同自己一样出身世家的同窗好友,她们都是在中西女子学校学会喝下午茶的。同窗好友告诉她,没有吐司炉,也可以

吃上吐司,说着说着,就表演了一门绝技:把面包切片,在蜂窝煤炉上架上条条铁丝,再把面包片放在上面,两面烘烤,不一会儿,便做出片片香喷喷的面包吐司。吃着面包吐司的时候,大家都没有多说什么。因为彼此都明白,今后可能会有更艰难的生活等着她们。即使艰难又如何?她们懂得用铝锅蒸烤出西式蛋糕,用煤炉烘焙出香喷喷的吐司,有这样的韧性和耐力,还有扛不住的苦

难吗？果然，历尽沧桑之后，这位金枝玉叶依然温文娴静，如沐春风。

世上有一种坚强表现在生活习惯里，顺境逆境，泰然地坚守一种生活方式，像这位富家小姐。哪怕幸福只露出了一根线头，她也有本事将它拽出来，织成一件暖身的毛衣。

成长笔记

幸福无处不在，关键在于用怎样的一颗心去感知它。即便在困境中也要保持乐观平和的心态，这样才能登上那辆幸福列车，才不会错过沿途美丽的风景。那里有温暖的向日葵，有可爱的雏菊，有浪漫的薰衣草……

榜样的力量

卢志容

故事发生在一个居民住宅楼里。

大家都把垃圾倒在巷口的那块空地上，日子长了，便弄得满地污秽。后来，环卫部门根据居民的建议，在这里建了个垃圾箱。从此，这里的卫生状况就有了好转。可是时间一长，问题就来了，垃圾箱周围又散乱地堆起了脏物，到了夏天，蚊蝇成群，臭气扑鼻，令人不堪入目。只因有人倒垃圾的时候少往前跨了几步，你离三步倒过去，随风飘飞，他离五步撒出去，天女散花。半天不到，脏物便延伸到了路中心，行人虽然牢骚满腹，也只好踮起脚尖屏住呼吸快步通过。

终于有一天，墙上出现了一行字：请上前几步倒垃圾！措词很和善。可是没用，乱倒垃圾的现象依旧。

一天，人们发现墙上的字改了：禁止乱倒垃圾！态度比较严肃了，语气是命令式的。可是十几天过去了，情况仍未有好转。

于是墙上的字换成了：乱倒垃圾者罚款100元！口气变得很威严，好像极具震慑力。可还是没人理睬，依然乱倒，依然污秽。

后来出现了一行骂人的话：乱倒垃圾者是猪狗！到了这样的地步，我们似乎看到了书写者既忍无可忍又无可奈何的窘态。可是谁会买你的账呢？反正你也没亲眼看见谁在乱倒，结果当然可想而知。

事情虽然不算大，却令人揪心。可又有什么办法呢？谁也没想到，今年以来情况居然发生了奇迹般的转变，再没有人在这里乱倒垃圾了，周围再也找不到一点儿脏物，墙上那条改换了多次的标语也不见了。

这是怎么回事？这和一个人有关，他住进了这栋楼里。这是一个什么人，有这么大能耐？他不是政要，不是名人，不是劳模，也不是哪里派来的卫生监督员，他是一个年届花甲的普通老人，而且是个盲人。自从他和老伴儿住这之后，每天早晨他要做的第一件事，就是出门走 30 米去倒垃圾，奇怪的是，他总能准确地把垃圾倒进垃圾箱。

　　有人问他："大爷，您双目失明，怎么能把垃圾倒进箱里去的？"

　　他答道："开始也倒不准，时间长了，我心里就有数了。"

　　人们退而思之，叹服不已。好一个"我心里有数"！其实人人心里都有数。盲人想得很简单，也很坚定：垃圾是应该入箱的，否则就会脏了环境。所以他每天默默地数着脚步，一步一步，开始由老伴儿搀着，后来独自摸向垃圾箱，准确无误地将垃圾倒进去。

　　人们的善心和良知往往会受某种外来善举的影响而被激发出来，在潜移默化中慢慢改变着自己的行为，这就是榜样的力量。

　　　成长笔记

　　　震撼人心的榜样形象会给大众带来巨大的影响，会影响他们的行为。然而，与其让别人影响我们的行为，不如我们严格自律，努力使自己成为别人的榜样，从而在人生道路上，留下自己坚实的脚印。

生命的立起

潘晓琴

生命需要空气、阳光和水分。沙漠里有阳光，也有空气，但没有水。然而，沙漠里却有生命，这是自然的奇迹，也是生命的奇迹。

一只很小的虫子，能在没有水分的茫茫大漠一代代生存繁衍，我纳闷，它们靠什么活着？看了电视上的一个自然类节目，让我再一次惦记起这些小生命，并对它们生出几分崇敬来。

清晨，小虫们早早起床，打开房门，一只接一只地从沙丘底部的家爬上

来，在沙丘顶上列队，一大排地立起身子，把它们光滑的背甲对着同一个方向。在太阳还没有升起的时候，会有一阵清风从这个方向吹来，拂过沙丘的表面，最后，爬上小虫的身体。风缓缓地来，小虫长时间一动不动，在它们的背甲上悄悄地凝起了水珠，这是晨风带来的仅有的一点湿润，水珠越聚越大，它们相互融合，终于，成了一颗水滴，水滴从小虫的背上流下来，流过它的脖子、脑袋、鼻子，最后，流到它的嘴边，成了这只小小的甲壳虫一天赖以维系生命的甘露。

这是一个自然的故事，也是一次"有组织有预谋"的求水活动，它发生

在一种极其渺小、极其卑微的小生命的身上。它们每天都重复着这样的劳作，靠这一滴小水滴一次次地将自己的生命垫起，再垫起！我不太喜欢用其他生命的故事来幻化人类的行为，也不善于用一种简单的自然现象来启迪人类的精神，但这次不同，我已经不自觉地把小虫的故事看做是一个童话，把"它们"定义为"他们"和"她们"。像在月下讲给孩子们听的童话，有如《三只小猪》和《小马过河》，这一切似乎与人无关，是在人类生存之外，另一种灵魂在播种。它不会有呼啸的声音，也不会有清新的气息，它就只是一群虫子和一滴水的故事。但在孩子们眼里，小猪和小马就是我们的邻居，小虫也是。

自然面前，感动是多余的，所谓坚忍不拔，所谓顽强自信，小虫都不知。但人有知，所以就有了一句——大地有大美而不言。人世间可以忽略的东西太多了，可以发现的东西太多了，因而，突然的发现就会让人兴奋、感动和自省，一切都不再多余。小虫就仅仅为了一滴水，一滴要活命的水，静静地在沙丘上立起，人呢？

成长笔记

在恶劣的生存环境下，能够坚持不懈地寻求生存的条件，通过自身的努力克服困难，小虫静静地诠释着执著与感动，相对于小虫，我们有着聪慧的头脑、充实的心灵，而我们是否应向小虫学习"生命的立起"呢？

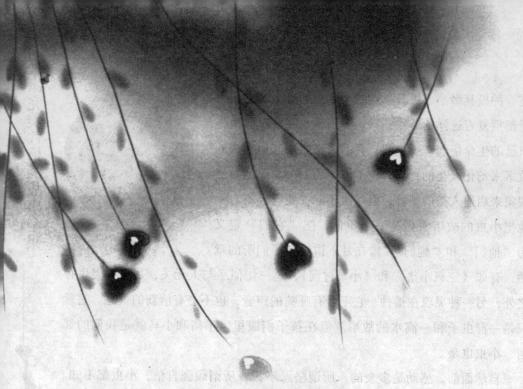

因为温暖

星 竹

在 2002 年 11 月，四川平阳煤矿一处山洞正要进行爆破。山洞里已经装上了 8.5 吨的高效炸药。山洞由 9 个大小不一的支洞组成，四通八达，地形复杂。爆破需要完美而统一，不能有任何疏漏。为此，上上下下的参与者做了精心的准备。

谁想，就在万事俱备，即将爆破前的两分钟，还是出了问题。埋伏在山上的爆破人员，惊动了蒿草中的一只小鹿，小鹿择路而逃，慌乱中竟然一头跑进了装满炸药的山洞。

爆破人员大惊，谁也没有想到关键时刻会出现这种意外，爆破计划只能暂时停止。人们开始为怎样将这只小鹿赶出山洞而焦急。洞中的小鹿，会影响整个爆破的质量。如果小鹿趴在炸药上，那么爆破的精准就会大打折扣。

同时人们还担心，小鹿会在奔跑中踩乱甚至踩断洞中的雷管，洞中用来引线的雷管都是明摆浮搁着的。总之，这只突然闯入的小鹿给整个爆破带来了巨大的麻烦。

人们都慌了。在此情况下，要想将小鹿活捉并弄出山洞是一件根本不可能的事。洞中的9个山洞彼此相通，小鹿可以从一个山洞钻到另一个山洞，人怎么可以追上一只小鹿？而爆破的时间迫在眉睫，不能拖延。

　　整个爆破组的人焦急万分。有人建议，干脆进洞，用枪将小鹿杀死。有人说不然就放上带毒的食物，将小鹿毒死……危急时刻，小鹿活命的可能性接近于零。如果让它活下来，谁也不知道该用多少时间。

　　然而所有人又都觉得这样将小鹿置于死地，未免有些残酷。人们不是不想让小鹿活下来，只是爆破的时间刻不容缓。再说这是上千万元的工程，相比之下，小鹿的分量已经轻得不能再轻。

　　一个平日信仰宗教的工程师却不忍心杀死小鹿，关键时刻，他反对所有人的建议，认为杀死小鹿实在有悖于道德。他向大家咨询，小鹿为什么会跑进山洞。矿上的人告诉他，眼下天寒地冻，山洞里总比外面温暖一些，小鹿是因为温暖才误入歧途。原来温暖竟成了小鹿死亡的诱饵。

　　"那么如果外面比山洞里还要温暖，小鹿会不会再次因为投奔温暖，而逃出死亡的陷阱？"工程师的话启发了人们，矿上正有用来送暖的吹风机，于是人们搬来吹风机，接上一条无声的软管。在一个较为隐蔽的洞口开始向洞里输送暖风。

　　谁也不知道这个法子行不行，人们无不焦急地等待着，四下静得无声。十几分钟过去了，人们的眼前豁然一亮，那只小鹿果然出现在了这个隐蔽的洞口，它是顺着温暖而来，投奔温暖而去。埋伏在周围的工人迅速地切断了小鹿再回到洞中的去路。一切安然无恙，小鹿死里逃生，爆破可以顺利进行。人们无不为之兴奋，甚至比爆破的成功还要欣慰，因为在危急时刻，大家竟奇迹般地解救了一条本来已经被宣布死亡的生命。

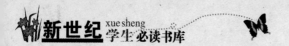
对待一条因为温暖而误入歧途的生命，同样的温暖原来会挽救它。人们不必因为它的过错而以恶报恶，更不用匆忙地宣判它的死刑。

成长笔记

　　一面是一个无辜的生命，一面是工程复杂的爆破现场，善良的人们凭借着自己的智慧让生命得以延续，让工程得以圆满完成。对待误入歧途的人，应以一颗温暖的心感化他冰封的心灵，要知道，其实他的心也在渴望着温暖。

带着微笑上路

　　人生遇到挫折和磨难，
更平添豪迈和壮丽。微笑
着走过山重水复，便会迎
来柳暗花明。

这就叫公德

冯骥才

在汉堡定居的一个中国人,对我讲了他的一个亲身感受——他刚到汉堡时,跟几个德国青年驾车到郊外游玩。他在车里吃香蕉,看车窗外没人,就顺手把香蕉皮扔了出去。驾车的德国青年马上"吱"地来了个急刹车,下去拾起香蕉皮塞进一个废纸兜里,放进车中,对他说:"这样别人会滑倒的。"

在欧美国家的快餐店里,有个不成文的规矩,吃完东西要把用过的纸盘、纸杯、吸管扔进店内设置的大塑料箱内,以保持环境的整洁。为的是使别人舒适,不影响别人,这叫公德。

在美国碰到过两件小事,我印象非常深。

一次是在华盛顿艺术博物馆前的开阔地上,一个穿大衣的男人猫腰在地上拾废纸。当风吹起一张废纸时,他就像捉蝴蝶一样跟着跑,抓住后放进垃圾桶内,直到把地上的废纸捡尽,才拍拍手上的土,走了。这人是谁?不知道。

另一次在芝加哥的音乐厅。休息室的一角是可以抽烟的,摆着几个脸盘大小的落地式烟缸,里面是银色的细砂,为了不叫里边的烟灰显出来难看。但大

烟缸里没有一个烟蒂——柔和的银砂很柔美。我用手指一拂,几个烟蒂被指尖勾起来。原来人们都把烟蒂埋在下面,为了怕看上去杂乱。值得沉思的是,没有一个人不这样做。

有人说,美国人的文化很浅,但教育很好。我十分赞同这见解,教育好,可以使文化浅的国家的人文明;教育不

好，却能使文化古老的国家的人文明程度低，素质差。教育中的"德"，一个重要成分是公德。公德的根本是重视他人的存在。

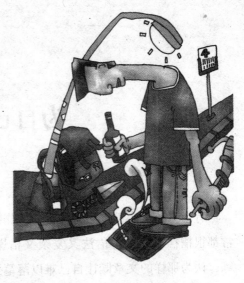

美好的环境培养着人们的公德，比如清洁的新加坡，有随地吐痰恶习的人也不会张口把一口黏痰吐在光洁如洗的地面上。相反，混乱肮脏的环境败坏人们的公德，比如纽约地铁的墙壁和车厢内外到处乱涂乱抹，污秽不堪，人们的烟头废纸也就随手抛了。好的招致好的，坏的传染坏的，善的感染善的，恶的刺激恶的，世上万事皆此理。

成长笔记

世人一直有着关于人性善恶的争辩，但是好的习惯能营造一个积极向上的社会环境，这是毫无疑问的。用较高的素质创造良好的环境，用良好的环境来培养我们的素质，这就是公德与环境间的良性循环。

为自己而写

拉 拉

有个男孩从小就梦想着要当一位作家，可是自他上学以来，他的语文课经常都很糟糕，他觉得语法又复杂又枯燥。他讨厌冗长的、毫无生趣的写作训练，认为那样的文章既让自己难以落笔又让老师读着很烦。

男孩的梦想没有变，可他对语文课的态度也没有变。直到有一天，老师发了一张作文题目清单。男孩的目光停留在《吃意大利通心粉的艺术》这个标题

上时，生动的记忆便从他脑海中倾泻出来：那是一个温馨的夜晚，全家人围坐在餐桌旁等着姑姑端来意大利通心粉。虽然是姑姑第一次做通心粉，味道怪怪的，可是全家人吃得很认真，其乐融融，银铃般的笑声响彻整个屋子。

那是一种很温暖的感觉，男孩突然想把它写下来，仅仅只是出于自己喜欢，而不是为了完成老师的作业。男孩以他喜欢的方式再现着那晚的情形和感受，将学校里学的那些作文技巧和语法规则统统抛在了脑后。第二天，他怀着忐忑不安的心情将文章交给了老师。

他的文章被老师当成范文在全班朗读，同学们鼓掌赞叹。在称赞和掌声中，男孩悟出了写作的真谛——为自己

而写。

　　这个男孩长大后在一家地方报社当上了记者，后来又受聘于《纽约时报》成为著名的专栏作家。他就是罗素贝克，两次普利策奖得主。为自己写作，为自己生活，没有来自他人的压力，我们反而可以做得更好。心无旁骛、全身心地投入工作和生活吧！你会重新发现自己。

成长笔记

　　知之不如乐之，只有热爱本职工作的人才能在这个行业取得成功。让手中的笔听从心灵的指挥，为自己而写，在工作中不断汲取快乐，这是主人公成功的原因。现实生活中，只要能按照自己的意愿谱写人生，我们也一样能成功。

企鹅的沉潜

姜 胜

企鹅是种憨态可掬的小动物，可在水中游嬉，也能在陆地上行走。然而，南极大地的水陆交接处，全是滑溜溜的冰层或者尖锐的冰凌，它们身躯笨重，没有可以用来攀爬的前臂，也没有可以飞翔的翅膀，如何从水中上岸？

纪录片《深蓝》详尽地展示了企鹅登陆的过程。

在将要上岸时，企鹅猛地低头，从海面扎入海中，拼力沉潜。潜得越深，

海水所产生的压力和浮力越大，企鹅一直潜到适当的深度，再摆动双足，迅猛向上，犹如离弦之箭蹿出水面，腾空而起，落于陆地之上，画出一道完美的 U 形线。

这种沉潜为了蓄势，积聚破水而出的力量，看似笨拙，却富有成效。

人生又何尝不是如此？当我们面前困难重重，出头之日遥不可及时，何不学学企鹅的沉潜？这种沉潜绝非沉沦，而是自强。如果我们在困境中也能沉下气来，不被"冰凌"吓倒；在喧嚣中也能沉下心来，不被浮华迷惑，专心致志积聚力量，并抓住恰当的机会反弹向上，毫无疑问，我们就能成功登陆！反之，总是随波浮沉，或者怨天尤人，注

定就会被命运的风浪玩弄于股掌之间，直至精疲力竭。

甘于沉下去，才可浮上来，企鹅的沉潜原则也适用于人的生存。

成长笔记

　　生命长河川流不息，人在其中沉浮，感受着生命的价值。面对人生的风浪，"甘于沉下去，才可浮上来"，当我们的目标暂不能实现的时候，沉下气来，为目标积聚力量，也许，成功就会变得容易许多。

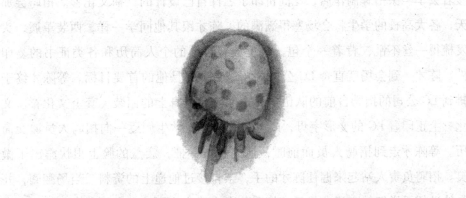

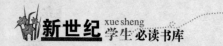

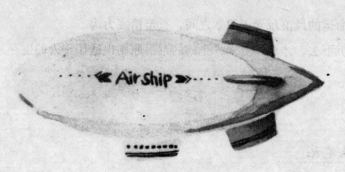

一件文化衫

蔡 成

　　得知一周后的人才招聘会上将有众多知名公司招聘，陈才忙碌开了。他先是四处搜集消息，看有哪些公司将出现在现场招聘会上，他们会聘些什么人，接着去了一家招牌制作店，花高价印了三件自己设计的长袖文化衫。招聘会那天，各大高校的学生将会场塞得满满的。陈才跟其他同学一样，西装革履，头发梳得一丝不乱，背着一个包，包里放着自己的个人简历和各类证书的复印件。陈才一到会场就直奔 LG 公司的招聘台，那是他的首要目标。等陈才终于排到 LG 公司的招聘台前的队伍里时，他已脱下身上的西装，套上文化衫。文化衫上正印着 LG 的变形字母，既醒目又美观。学生们逐一向招聘人员递交简历。等陈才走到招聘人员而前时，他们忽然一怔，疲惫的脸上很快露出了微笑。招聘负责人站起来握住陈才的手，亲自接过他递上的资料，当场翻阅，并与他进行了详细的交谈。最后，招聘负责人拿出合同："公司允许我每天有一个名额可以当场拍板聘用。今天，你最幸运，签合同吧。"

　　回到学校后，好多同学都跑来向他取经，陈才淡淡一笑："没什么绝招，我只是有自知之明。我虽是优等生，但我的文凭和各项技能与其他优等生相比，并没有突出之处，由此我缺少脱颖而出的把握。所以，我必须在软件上别出心裁，穿一身和其他同学不同的衣服便是我的一个计谋。别小看这一件小小的印上公司名字的文化衫，它能够百分之百地引起该公司人员的注意，使我成为众多求职者中的亮点……"

陈才掏出包里另两件分别印着"联想"和"TCL"，的文化衫。他想，这两件文化衫我已经用不着了，我得卖掉它们。第二天，这两件文化衫很轻易地就卖掉了，其价格是原来的 3 倍……

成长笔记

懂得从生活中寻找出不同，懂得创新的人才是真正的人才，而这寻找的过程恰恰是进取过程中的一个点，没有这许许多多的点，就不会连成前进的线，就不可能更快地取得成功。

给自己一座银行

李平

朋友从德国回来，给我看一个精致的玻璃盒子，里面是一块灰色的砖块，带有一些颜料涂抹过的痕迹。我心里一动，忙问："这就是柏林墙的砖块吗？"朋友说："是啊，到过德国的人，差不多都要买，这么一小块要 20 马克，相当于人民币 100 多元。"

柏林墙始建于 1961 年 8 月，正式名称叫"反法西斯防卫墙"，是东西方冷战时的产物。1989 年 11 月，民主德国开放柏林墙关卡。次年 6 月，柏林墙被拆除，东德和西德实现统一。

柏林墙东西两边的人们，跳舞喝酒，敲砸柏林墙。

此时，一个名不见经传的商人，敏锐地意识到柏林墙的价值。他多方收集柏林墙何时可能被推倒的信息，在一个月黑风高之夜，驾着大卡车，带上工人

和巨型切割机，搬运设备，把整段整段的，被许多艺术家画过的墙拆下来，运到自家院子，直到把整个院子堆满。后来，这些东西成为具有收藏价值的纪念品。

事实证明，全长一百多公里的柏林墙，只有这些被艺术家涂抹过的才有收藏价值。

朋友说，在德国市场上，柏林墙上拇指大小的一块碎石，夹在明信片里，要价 3 马克，拳头大的一块，可以卖到

20 马克。想想看，那个商人堆了一院子的水泥块和碎石，价值多少钱？有人说，其价值不亚于一座银行。

　　一段残墙，在别人看来，只是垃圾，在有心人眼里，却是商机，是巨大的财富。犹太人说，智慧是人生无价的财富。在我看来，智慧就像是神仙点石成金的手指，只需轻轻一碰，就把垃圾变成金子。

成长笔记

　　智慧成就精彩人生，让人高瞻远瞩，看清前进的方向。一段残墙，在别人看来，只是垃圾。但在有心人眼里，却是巨大的财富。留心你周围的事物，说不定你也可以给自己建一座银行。

花瓶打碎了之后

武晚报

1. 有个 10 岁的男孩，不小心把自家的一个花瓶打碎了。他的母亲走过来，不问青红皂白，将他一顿猛揍。这个男孩长大后，干什么都畏首畏尾，没有什么大出息。母亲晚年曾叹息：为什么人家养的孩子都有出息呢？

2. 有个 10 岁的男孩，不小心把自家的一个花瓶打碎了。他的母亲走过来，哈哈大笑，说只要我儿高兴，打碎一个小小的花瓶算得了什么呢？后来这个男孩养成了爱摔东西的毛病，特别是爱摔镶了金边的碗。长大后，他把万贯家业彻底败光，他就是民间传说中沈万三的儿子。

3. 有个 10 岁的男孩，不小心把自家的一个花瓶打碎了。他的母亲走过来，对男孩儿说："花瓶打碎了，你就不能从中得到一点启发吗？我们家的花瓶可不能白白打碎呀！"

男孩对着碎花瓶沉思了很久，但什么也没有想出来，他只好将碎片一块块捡起来。后来，他只要打碎了什么东西，都要思考，都要捡起来。

终于有一天，这个男孩发现：被打碎的碎片有它的规律，即大碎片与次大碎片的重量比是 16：1，次大碎片与中等碎片的重量比也是 16：1，中等碎片与较小的重量比也相同。后来，这个男孩又将他的这一发现应用于天文学和考古研究，很顺利地就将文物、陨石的残肢碎片恢复原貌。这个男孩就是后来大名鼎鼎的大科学家雅各布·博尔。

成长笔记

　　父母的教育方法对孩子的未来有着不可估量的影响。过度严厉和过分溺爱都不是正确的教子之道。所谓因人而异，只有那些循循善诱的父母才可能教育出优秀的孩子。

每一个感动都值得流泪

雪小禅

前些天，中央电视台有一个节目叫《感动中国》，据说十分让人感动，我没有看，只是总听朋友提起。那天去吃饭，我们一桌人在吃饭时提到《感动中国》，于是有人提议，一人说一件令自己感动的事，大家纷纷同意。

第一个是个男人，他说的是自己的父母。他一个人在北京闯荡，没车没房，为了买房，他的父母把一生的积蓄全拿了出来，即使是这样还是不够，于是父母特意来给他排号，搭了个帐篷，为了让儿子能买得起便宜些的经济适用房！寒冬的腊月，父母因此得了风湿病。说完，他的眼角湿润了。大家说，可怜天下父母心啊！

第二个是我，我讲了自己的母亲。有一次我和老公吵架，半夜里吵得不可开交，于是打电话给自己的母亲。当时正在下雪，我根本不知道外面有多冷，只知道自己受了委屈，要找母亲为自己讨个公道。母亲去了，看到我们后，狠狠地骂了我们一顿。当然，主要骂的是我，老公在一旁低着头一个劲地道歉。母亲见我们和好就走了。我们早晨起来去买早点，却发现母亲躺在一楼冰冷的石凳上！母亲有高血压、心脏病，而我这做女儿的……我哽咽了，说不下去

了，女友递纸给我手中，她也哭了。有人让我给母亲道歉。可母亲要的哪里是女儿的道歉，母亲要的只是女儿的幸福。

第三个朋友讲的是他单位的一个同事，平时，他们根本就合不来，甚至不说话，因为彼此都是年轻人，所以有竞争，免不了你踩我我踩你，明争暗斗的局面持续了好几年。后来他们单位组织

旅游，可以带家属，在漂流时他们在一个竹筏上，结果，到河中间的时候竹筏翻了，他的妻子和女儿都不习水性，而同事的妻子也不会游泳。让他震撼的是，同事第一个救起的居然是他的女儿！他以为同事会先救他自己的妻子，但是同事说，当时哪管得了那么多，抓着谁就是谁了！他说着说着便哽咽了。

第四个是一个二十多岁的女孩，还没有结婚，在一家报社工作，她常常会加夜班，所以晚上回家时总是害怕。有一天，她被一个坏人盯上了，那个男人始终跟着她，当时她的包里有手机和各种证件，这些都不重要，重要的是她的安全。她是一个美丽又上进的女孩子，她也听说过这条小巷不安全，她的男朋友要来接她，可她怕耽误他第二天上班，于是总是说不要紧，没事的。当时她知道她遇到了坏人，她拿不准跑还是不跑。跑，无异于自杀式行为，最终还是会被他逮住；不跑，她等于是一块猎物在等着狼吃。在转过身面对他的一刹那，她叫了一声大哥，她说："大哥，我害怕，请你把我送出这个巷子吧。这条巷子经常有坏人，我一看你就不是坏人。"这是她最后的计策了，她要用自己的脆弱换取那个人人性中的善良。结果她成功了，他陪她走完了小巷，然后说了再见。她说，每个人心里都有善，哪怕是最坏的人。关键是怎么把他心中的善激发出来。

最后讲的是一个 35 岁的男人，他是行政干部，经常在电视上露脸。特别是过年过节的时候，扛着袋大米带着 100 块钱去慰问，那时他好像救世主一样，去最贫困的乡村，然后转几圈，录个像回来，这种镜头大家看得多了，但是这次不一样，他刚刚从那个贫困县回来，照样带着钱拉着一车大米，还是按

照往年那么送，其中有一户，让他当时就哭了。一家 5 口，男人中风了，大儿子在媳妇跑了以后就疯了，留下一个 7 岁的孙子给老太太，小儿子外出打工受了重伤，再也起不来了，所有的经济来源全在几亩薄地上。给老太太送米面的时候，老太太说："老让党惦记着，别给我们送了，我们还有呢。"他打开她们家的瓮，那里面只有不到 20 斤的白面。老人说，这是他们过年包饺子的面，肉也割了。他又去看了肉，不到 2 斤。"还有鞭炮，"她欣喜地说，"给小孙子买的，看，是一挂小红鞭，小孙子抱着，舍不得撒手。"这就是她们一家过春节所有的东西了！他想起了自己家，鱼和肉在冰箱里都要挤不下了。儿子的鞭炮堆成了小山，新衣服有七八套，而老人的小孙子还穿着有补丁的衣服。他掏出 200 块钱，本来是 100 的，但他自己搭上了 100。她拒绝着："不，不要，有钱还是给更穷的人家吧。"她跑进里屋，揭开炕席，下面全是一角两角的钱，面值最大的才 5 块，加起来不过是几十块钱！那是她拾破烂换来的钱。"过得去，过得去。"她脸上带着微笑地说，好像她在过着幸福的日子。他的眼圈一下子就红了！这就是中国的老百姓，这就是中国的农民，他们永远最善良，带给人最深的感动！作为一个官员，他第一次在老百姓面前哭了，放下 200 块

钱，他站在院子外面对工作人员说："感动人心啊！"他讲的时候，所有的人都泪流满面。

是的，所有的感动都源于灵魂深处的震撼，没有真情，哪儿来的感动？没有生活中这些善良的人，我们怎么会泪流满面？不要说我们太爱流泪，这是因为，每一个感动都是对生活的感恩，都足以让我们洒下一捧感动的泪。

成长笔记

流连于花海之中，倾听花开的声音；沐浴在晴空之下，品尝阳光的味道；驻足于林荫小径，感受绿意正浓。每一个生命的节拍都轻响于心灵的旷野，每一次惊喜地发现都带来最真切的体悟。让生命充满感动，让感动谱写人生。

快乐是最好的药

罗 西

美国的盖洛普民意测验组织，对世界上 18 个国家的人做了一次关于"你是否快乐"的抽样调查。参加测试的人数近 27 万，结果表明，冰岛人是世界上最快乐的人，82% 的冰岛人表示满意自己的生活。

冰岛位于寒冷的北大西洋，也是世界上拥有活火山最多的国家之一，还有 11748 平方公里的冰川，堪称"水深火热"；冬天更是长夜漫漫，每天有 20 小时是黑夜，可谓"暗无天日"。可是，就在如此恶劣的生存条件下，冰岛人的平均寿命雄踞世界之首。

冰岛的心理学家索罗尔非认为，冰岛人的快乐，是因为他们学会了与恶劣的大自然相处之道——艰难困苦教会了他们如何敞开心胸，从而对生活中的问题抱以宽容。

我曾经接触一位冰岛学者。在他看来，如果你自己好了，周围的一切都将是好的。他是个酒鬼的儿子，但是他没有沉沦，最初靠打鱼为生，因为后来觉得"中国菜好吃"——就这么一个简单的理由，让他喜欢上了中国的文化……他说，不存在什么命中注定的受害者，每个人都是自己命运的主宰，每个人都可以通过改变对世界的看法来改变自己的命运。在冰岛，"愚蠢"的同义词是"多虑"或"心胸狭隘"。

我有些不理解，那位学者笑着问我："一个人如果只发挥了 10% 的聪明才智，那剩下的 90% 都干什么用？"

我困惑地摇头，他幽默地回答："找阿司匹林治头痛!"因为一个聪明的人，他会用100%的心去寻找快乐。快乐是最好的药，而且没有副作用。最具智慧的人才会算好这笔账，但很多人不懂这些。

最傻的不是白痴，而是不快乐的人。快乐的人有开阔的心胸，通过改善心理状态，让自己眼前明亮起来，并且看到未来的光辉。如果说，这世界上有什么最宝贵的东西，那就是——每个人都有一颗快乐的心。

成长笔记

快乐就像一串铃声清悦的风铃，让我们的心随着清脆的响声飘向远方的天边；快乐就像一剂心灵的良药，医治了我们心中烦恼的痼疾。学着寻找快乐，让心灵像小鸟，飞过海洋，飞向太阳……

秘密是一种黏合剂

星 竹

　　每个人都会有自己的秘密，因为每个人的生活中都会有隐私。因此，人活在这个世上总也离不开秘密。只是秘密有大有小，有多有少，而且会因为人迥异的经历而各不相同，但无论怎样都是秘密。秘密有痛苦的，也有甜蜜的；有复杂的，也有简单的。不管是哪一种，都很像是暗恋中的伴侣，在漫漫长夜里或折磨着你，或与你分享人生。

　　从经验来看，人生没有永不泄露的秘密，哪怕它再私密。在日常生活中，人们会以交换的方式来相互交换各自的秘密，以获取更多、更丰富的生活内容。秘密的功能原来始终存在着交换的一面。

　　仔细观察就不难发现，日常生活中谁对谁更为密切、更为友善、更为交心时，其实就是双方透露各自秘密的时候。

　　与人交流秘密，既是自己的需求，也是别人的需求。求同存异，双方都很容易达到一致，由于秘密的吐露，拉近了人与人的距离。吐露秘密的时候，人与人的相处会是人生来往中最为亲密的经典阶段。这个时候人往往会放下一切戒备，变得对对方无比的信赖和友好。这时人和人的关系也最为融洽。由此不难看出，原来秘密是人与人相处时最好的黏合剂。

　　不过，人是不会和所有人交流秘密的。

人选择交流对象时十分慎重，只有对可以信任的人，值得交流的人，没有危险的人，只有对好心肠的人才会敞开心扉。

因此，人与人吐露心中秘密时，永远都有一个相对固定的圈子。这个圈子会令你放心，让你感到温暖和可靠。也是由于秘密的吐露，才使你的这个圈子变得更为牢固而有意义。

吐露自己秘密的过程原来并不是一件坏事，而是一种共同的分享。在这一刻，秘密会成为疗伤的秘方，可以舒缓你的紧张情绪，甚至帮助你改善对生活的认识。真的，每当有人倾听你的秘密时，你就会得到某种心灵上的安慰，感到某种安全感和内心的释放。说出你的秘密，你就会感觉到一种自在的东西流遍你的全身。

世界上最怕的是从不讲出自己秘密的人。这样的人不但活得缺少愉快，还要有很多的伪装。他们在缺少真心的同时还会为自己平添许多障碍，比那些愿意敞开心扉的人要劳累许多。

在通常情况下，你对别人讲述的秘密越多。你听到的秘密也就越多，这是等同的。你听到的秘密越多，越证明你是一个可以信赖的人。

在这个世间，大家总愿意把秘密讲给那些善良、宽厚、有包容心的人去听。而一个愿意讲出自己心中秘密的人，一般也是心存友善，待人宽厚和可以交往的人。

成长笔记

吐露秘密的人舒缓了自己的紧张情绪，聆听秘密的人感受到一种被信任的温暖。在喧嚣的都市中，能够自在地吐露秘密和聆听秘密是一件多么幸福的事啊。这证明了在钢筋水泥的森林中，温暖的情感在悄悄蔓延……

春天来的时候，一定要开花

飘

　　菡推门进来的时候，把大家吓了一跳：从头发到脚跟，像刚从河里被捞上来似的。她低着头，哆嗦着坐到座位上。庆幸，怀里掏出的书包，并没有湿透。同学们便不约而同地看窗外：天很蓝，云很白，太阳也很红。

　　附近，并没有河。

　　菡，换了我的衣服。菡的秘密，只有我知道。

　　菡来自农村，别人步行十多分钟的上学路程，菡却要骑一个半小时的自行车。那天凌晨，恰好赶上下很大的雷阵雨，菡，正在路上。

　　菡从来不会迟到。

　　铃声之前，教室的窗外似乎永远天很蓝，云很白，太阳也很红。

　　太阳很红的时候，谁还会注意黎明前曾有过的那阵漆黑。

　　菡，好傻的名。为什么不是松。同学中，有好事者问。

　　给同学们读范文，菡的《我的家乡》：

　　我的家乡，白菜之都。

　　白菜凌冬越雪，最冷的日子，却能常青。

　　因它有着松一样的节操，所以古人在："松"字上加一个草字头，将白菜

称为"菘"。

我叫菘，白菜一样的草根，松一样的倾城。

中学的三年里，菘一直很素净，也不贵气。却又极霸道：品行，成绩，无人超越。如菘的一篇日记里的那句话：一个人从哪里来并不重要，重要的是她要到哪里去。

那年寒假，菘和父亲来家看我，带了满满一大编织袋白菜。

7楼门前，一老一少。老的，驼着背，如一张欲折的弓；少的，极单薄，若料峭严冬中初绽的花。那一刻，我的鼻子忽然酸酸的。

菘不知道。十多年前，我的家乡，亦是白菜之都。我的父亲，也驼背。

菘不知道。我很多年都不再吃白菜了。因为我从小吃了很多年白菜。

菘不知道。很多年来，我一直都不知道白菜还有另外一个美丽的名字，菘。

那个寒假，我却吃了一冬天白菜。十多年来，我想要觅得的滋味，竟无非是口中白菜般的这份淡薄。

也许，淡薄才会浓厚，无味才会甘美。

春天即近时，储藏室就只剩了最后一棵白菜，却已羸弱衰老，留之，已不能食。

直到又过了很久，才想起那棵菜。春天来了，它该被扔掉了。

推开储藏室的门。突然，一簇黄色的小花，跃入眼帘。哪里来的花？在储藏室又冷又阴的角落，静静地躺着那棵已经干瘪的白菜：一根翠绿粗壮的茎，从它枯萎的老根之间抽出，挺得笔直；郁郁苍苍的新长出的菜叶，从茎的底部层叠而上；一些鹅黄色的小花，缀满纤细娇嫩的枝丫，好不热闹！

没有土壤。没有阳光。正是那棵欲被我丢弃的菜，反倒开出了美丽的花！也许，珍贵的东西从来都不会说话。无论它的身份多么的卑微，它只会以另一种沉默，高贵地绽放。

菘毕业的时候，我给她的本上写留言：菘，春天来的时候，一定要开花。

去年冬天，又有人来送白菜。那些白菜，让我想起一些人。于是，我写了一篇文章：《一棵白菜的春天》。我把它投向了东北的田野。期望，那份敬畏与感动，滋润更多的人。

2009 年，春。收到《润》的样刊。我给菘寄去了一本。

那棵白菜，像菘。身份草根，姿态倾城。

未来的土，很沃。菘的春天，也会很润。

成长笔记

普通的白菜，因为有了松的风骨，有了松的坚韧，而被赋予了好听的名字——"菘"。走过了人生的寒冷冬季，女孩迎来的将是一个鹅黄柳绿的美好时刻，一个姿态倾城的灿烂春天……

生活在鲜花与掌声之外

凉月满天

又到过节，应酬宴饮，举杯频繁。这是一个无偿奉送鲜花和掌声的节日，每个人都收获了比平时多1倍的关注和称赞。所幸一年也不过数天的狂欢，不至于把人灌醉到不知东南西北，每个人都能及时清醒过来，找准自己的位置。

怕就怕一个人经年累月被鲜花与掌声包围，神智就会被它们催生出的热量烤坏。一直为庞秀玉感到可惜。当年对她火热的宣传造势到现在我还记得。她是少年神童，大师巴金写信鼓励她好好学习，很多地方请她签名售书、做演讲。在她访日期间，一位日本小朋友拉着她的衣襟说，长大后一定要来中国，向她学习读书、写作。没想到，若干年后再见到她，她已经是一个让人伤心的仲永了。

都是鲜花和掌声惹的祸。怪只怪荣誉来得太快、太猛，把一个小孩子的心给"忽悠"乱了。心静不下来，学习怎么会好？一个没有足够积累的小姑娘，又有什么能力在文学之路上披荆斩棘，一路高歌向前？

这就是鲜花与掌声以外的真实生活。原来热闹而热烈的鲜花与掌声是最不负责任的。这些只不过是一场华丽而有毒的盛宴，一个飘飞着的五光十色的肥皂泡，当泡破梦醒，曲终人散，真实生活已经被破坏得千疮百孔。这个，谁来负责？

其实，根本就不必质问，也无法向任何人质问，每个人都是怀抱善意的，只是谁也没有想到，这种善意会转化成只能让一个人独自承担的苦涩命运罢了。说到底，生活只能由自己负责，而不能由献给自己鲜花和掌声的人来负责。

素有"吉他之神"美誉的英国摇滚巨星艾瑞克·克莱普顿，在20世纪90

年代初凭着一曲经典作品——《泪洒天堂》，获得格莱美奖——这是用他孩子的生命换来的荣耀。艾瑞克5岁的孩子因保姆的疏忽，不小心坠楼，年幼的生命惨遭摧折。这位受世界音乐人尊崇艳羡的"吉他之神"，拥有了全世界的掌声，却保不住他挚爱的孩子。

这就是生活的真相，再多的鲜花和掌声，也无法让一个哀痛的父亲怀抱活蹦乱跳的孩子，抵达刻骨铭心的幸福彼岸。真正的生活永远在鲜花与掌声之外，而鲜花与掌声，只不过是站在自己的生活外围的一个冷漠的看客，甚至刻薄地说，鲜花与掌声，是围着餐布，抢着刀叉，准备随时把你分而食之的。当把你吃光啃净后，它们马上转向下一个目标，根本不管你的生活被它搅扰得怎样的乱七八糟。

说到底，鲜花和掌声之于生活，只不过犹如松之有风，月之有影罢了。风既非松之专有，影也不是月亮贴身的保镖。湘云说"寒塘渡鹤影"，但是在这个豁达的女子心里，渡也就渡了，不会让鹤影就此留在塘心的。就像现在，节也过了，烟花爆竹在半空炸开了，梅红喜庆的碎屑落了我们一身，只需轻轻拂掉，并不需要把它像披红挂彩一样披在身上，琼林宴饮，跨马游街。

但是，鲜花是香的、美的；掌声是响的、亮的。赞美如美酒，如醇醪，谁不愿意痛饮一番呢？有梦的，继续做梦吧，尽可以梦见自己站在舞台中央，强烈的聚光灯打在自己身上，鲜花如海，掌声如潮。只是莫忘了给自己提个醒：真正的生活永远在鲜花与掌声之外，痛痒之处，该独自承当。

成长笔记

　　鲜艳的花朵、闪烁的镁光灯和如雷的掌声只是人生舞台上引人关注的一瞬间，真正的生活是在舞台落幕，繁华落尽之时。不要让"春风得意马蹄疾，一日看尽长安花"的繁华景象迷醉了你的眼，内心的充实与宁静才是生活应有的态度。

茶香遥远

包利民

　　关于茶最温暖的记忆，是在儿时。祖母是蒙古族人，对茶有着特殊的情感，在她的影响之下，家里除了我们这些小孩子以外，其他人都喝茶。常常在饭后，大家围坐在院子里，饮茶聊天，有微风吹过，那是怎样温馨团圆的一幅场景啊！所有的亲人都在，每一张笑脸都印在童年的心上。而如今，至亲零落，自己也孤身一人走向他乡，良辰不再，不胜唏嘘感慨。

　　在少年时，我曾一度走在堕落的边缘。不去上学，整日在外面游荡，甚至饮酒打架。是一个五十多岁的语文老师，把我从那条路上拉了回来。那是一次偶然的相逢，喝醉的我在那条安静的街上摇摇晃晃，一只温暖的手搭在我的肩上，回头看，依稀可认出是我的老师。他架着我的胳膊走进他家，很大的一个院子，被葡萄的枝枝蔓蔓覆盖着。他很快地沏了一壶茶，给我倒了一杯，说茶可解酒。那茶浓浓的，琥珀色，芳香四溢。我的手抖动着，有两颗泪落入杯中。

　　离开时，老师对我说，以后再喝醉了就到他家里来，有茶，葡萄也熟了。后来我便常去那个美丽的院子，留恋那淡淡的茶香，留恋那温暖的话语。只是，我都是清醒地来去，再也没让青春沉醉过。在泥泞的雨季里，是那一缕茶香给我指引了一条铺满阳光的路。

　　大学毕业后独自在陌生的城市奔波劳碌，每次回到自己租住的小屋，都是身心疲惫，有时甚至不敢去面对明天。当理想和现实的巨大落差摆在眼前，平静与激情皆不可得。波澜不惊的日子一天抄袭一天，心中的种种都被时间打磨得面目全非，有时觉得麻木也是一种解脱。

那一个中秋之夜，住在隔壁的一位退休老人邀我过去赏月。在他家的院子里，同样是一壶清茶，一瞬间仿佛时光重叠，少年的岁月烟云般重现。老人的话题便从茶谈起，他问我如何才能饮出茶的味道。我知道茶是一种文化，其中的内涵远非自己所能知，也曾听人说过一壶好茶的制造程序，从茶到壶，从水到火，从空间到时间，无不讲究。老人摇头轻笑，说："那些原料与手艺虽重要，但不一定必要。比如眼前这一壶茶，普通的茶叶，平常的水，便宜的壶。可是每天我都喝得津津有味，因为我对茶了解得多，它有着深厚的文化沉淀与历史内涵。饮之可与古人神交，呵呵，别人听了会觉得是一番疯话。"

我心有所悟。是啊，这一壶香茗包含着太多的东西，有怀古幽思，有时间有空间，就如这小小的院落，竟包含了如此美丽的星光月色。于是我给老人讲了自己童年关于茶的往事，以及自己眷恋着的那段时光。老人听罢，说："那时的茶，也只是普通不过的茶，可是你的家人饮的是一种气氛！"儿时的情景仿佛近在眼前，那种气氛温暖无比。茶饮到这般境界，真是不负那一缕清香啊。忽然便有了一种莫名的激动，端起茶杯啜了一口，微苦之后齿唇留香，余味无穷。

老人一直微笑地看着我，说："这一口与方才的感觉不一样吧？"我点点头，他接着说："那是因为你的心情和刚才不一样了，没有好的心情，再好的茶也只能尝到苦，品不出香来！"我恍然大悟，外在都是次要的，唯有心情才是自己能把握的。就像许多人说过的一样，生活如茶，没有好的心境，就算茶

具再精美，茶叶再珍奇，水再清纯，饮之也只是苦涩。而这一杯苦茶，我已饮了多久？

那以后，我又辗转多年，至今仍离故乡千里，也好久没有品尝茶的味道了。而我却早已从生活的苦中品咂出淡淡的香来。这清香虽淡，却悠远绵长。

今夜，在月光下，沏上一壶最普通的茶，啜饮，隔着遥远的时空，竟品出了岁月的味道。

成长笔记

生活如茶，在种种磨砺与奋斗中方能舒展叶片，散发出浓酽的味道；心境如茶，经过悠远的岁月，回忆起儿时合家欢乐的场景，依旧难忘那一缕袅袅的茶香；品茶就是品味生活，虽入口苦涩，却回味甘甜……

生活对爱的最高奖赏

马 德

一个鞋匠，在这条街的拐角处摆摊修鞋有好多个年头了。

有一年冬天，他正要收摊回家的时候，一转身，看到一个孩子在不远处站着。看上去，孩子冻得不轻，身子微蜷着，手已经冻裂了，耳朵通红通红的，眼睛直愣愣地盯着他，眼神呆滞而又茫然。

他把孩子领回家的那个晚上，老婆就和他怄了气。对于这样一个流浪的孩子，有谁愿意管呢？更何况，一家大大小小的几口人，吃饭已经是问题，再添一口人就更显困窘。他倒也不争执，低着头只是一句话："我看这孩子可怜。"然后便听凭老婆劈头盖脸地骂。

尽管这样，这孩子还是留了下来。鞋匠则一边在街上钉鞋，一边打听谁家走丢了孩子。

两年多的时间过去了，并没有人来认领这个孩子，孩子却长大了许多，懂事听话，而且也聪明。这家人逐渐喜欢上了这个孩子，家里即便拮据，也舍得拿出钱来为孩子买穿的和玩的。街坊邻居都劝他们把孩子留下来，老婆也动了心思，有一天吃饭，她对鞋匠说："要不，咱们把他留下来。"鞋匠闷了半晌没说话，末了，把碗往桌上一丢，说："贴心贴肉，他父母快想疯了，你胡说什么。"

鞋匠还是四处打听，他一刻也没有放松对孩子父母的找寻。他央人写下好多的启事，然后不辞辛苦地贴到大街小巷。风刮雨淋之后，他就重新再来一

遍。甚至一旦有熟人去外地，他也要让人家带上几份，帮他张贴。他找过报社，没有人愿意帮这个忙，电视台也没有帮助他的意思。他把该想的办法都想了，他心中只有一个念头：一定要找到孩子的父母。

终于有一天，孩子的父母寻到了这个地方。但只是说了几句感谢的话，就急匆匆地带着孩子走了。邻居们都骂孩子的父母没良心，鞋匠却没有计较。后来，一起摆摊的人都揶揄他，说他傻。他只是呵呵地笑，什么也不说。

生活好像真拿鞋匠开了玩笑，这之后便再没有了那个孩子的任何音信。后来，他搬离了那座小城，一家人掰着指头计算着孩子的岁数，希望长大了的孩子能够回来看看他，但是，也没有。再后来又数次搬家。然而直到他死，他也没有等到什么。

若干年后，有一个人因为帮助寻找失散的人而成了名，他在互联网上注册了一个关于寻人的免费网站。令人们惊奇的是，网站的名字竟然是鞋匠的名字。在网站显要的位置上，是网站创始人的"寻人启事"，而他要寻找的，就是很多年以前，曾经给过流落在街头的他无限爱和帮助的一个鞋匠。

网站主页上，滚动着这样一句耐人寻味的话：当你得到过别人爱的温暖，而生活让你懂得了把这温暖亮成火把，从而去照亮另外的人的时候，不要忘了，这就是生活对爱的最高奖赏。

成长笔记

一份执著的付出，并不曾期望带来回报。谁知，这份感情却像一棵小树苗，在多年以后，竟然长成了爱的参天大树，荫庇了更多需要帮助，需要爱的人，这就是爱的力量，也是生活对爱的最高奖赏！

爱生爱

莫 菲

　　一位小学老师撰文论证教师常怀感恩之心的重要性。他骄傲地宣称，他本人就是一个对自己的职业怀有深深的感恩之情的人。

　　他说，他的家乡在湖南农村，冬天没有暖气，也很少生炉子。他读小学的时候，每天都要和小伙伴们从五六里远的地方赶到中心小学去上学。严冬时节，他们顶着星星赶路。为了抄近道，他们每天都要横穿一大片荒草坡。荒草茂密，露水浓重，等到了学校，他们的布鞋已经湿透了。他们的老师在门口摆开了一个个沙袋迎着他们。那用粗布缝制的袋子里，装了满满一袋热沙子。那是老师的爱人——孩子们的师母的"杰作"。她因为心疼孩子们冰凉的小脚，就弄来了一口大锅，每天一早生起炉火把一锅沙子炒热，再分装在袋子里，让每个孩子把双脚舒服地埋在里面听课。教室门口那一双双湿的小鞋，被她悄悄收走，她会用炉火的余热，烤干那些鞋子，然后，再悄悄地把干爽的鞋子送回……因为双脚被露水冰过，更因为双脚被沙袋暖过，当年的那个"孩子"长

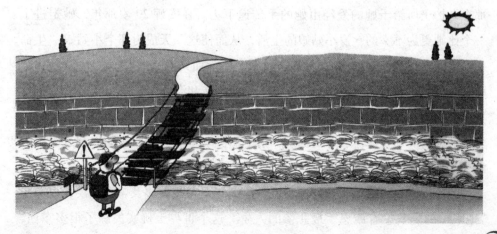

大后上了师范。当他成为一名小学教师，那来自岁月深处的爱与柔情时时赶来温暖他、提醒他，使他总被"怎样才能更好地为孩子们做些什么？"这样的问题幸福地追击。

他说，说到底，教育其实就是对感恩之心的唤起，因为领受过，所以愿施予，因为愿施予，才会让更多人领受。如果一个教师对自己的职业心怀厌恶，却去奢谈培养学生的感恩之心，那无疑是荒唐可笑的。

这个老师的故事让我想起了一个叫安妮的美国女孩。安妮是不幸的，被送进"地牢"般的波士顿精神病院后，这个几乎全盲的女孩孤独、自闭，甚至会袭击"地牢"以外的人。但是，一个即将退休的老护士却不愿意放弃安妮。她一点点地接近她，每周都为她送来巧克力饼。在爱的感召下，小安妮的心智慢慢苏醒，不久就被转入轻度病房。后来，这个曾被判定是"没有希望康复"的小女孩终于被告知可以回家了。然而，她却拒绝回家，她执意留下来，决心把那个老护士所给予她的爱经由她的手传递下去。在安妮20岁那年，她走进了一个比她更为不幸的6岁小姑娘的生活，从而使这一天成为那个小姑娘"生命中最重要的一天"。从这一天开始，这两个不幸而又幸运的女子携手50载，帮助上帝创造了奇迹。她们的名字是安妮·沙利文和海伦·凯勒。

我想，如果我们善于追溯，就一定会发现，在我们生命的上游流淌着一条多情的河流。那发源于石缝的涓滴，给了澎湃一个有力的昭示。一截老根被滋润，于是蔓延出了春天。

爱能促爱，爱能生爱。发源于"沙袋"的爱梦想着惠及整个沙漠，发源于"地牢"的爱梦想着施恩于最悲惨的人生。这个世界上确实失踪了很多东西，但是，爱一旦从我们的胸腔出发，就踏上了孕育爱、激发爱的旅程。爱的回响是这样真切，爱的回馈是这样丰厚！智者说："爱出者爱返，福往者福来。"别让你的爱停驻、观望，让它出发，让它在自己不期然蔓延出的春天里获得永生吧！

成长笔记

　　带着爱上路，在你所经之处便少了雨雪交加，多了风和日丽；少了荆棘丛生，多了鲜花遍野；少了无边的绝望，多了无限的希望。给予世间无私的爱，让爱变成阳光，释放无尽的温度，让温暖注满每一个人的心间。

春天的心

青 秋

早春的一个中午，煦风微送，晴空万里。阳光，正让人有些惊喜地倾泻而下，暖暖地照在每一个人的身上。

公园里，一大片迎春花正在率先辉映着和风暖阳的呼唤，一面夸张地舒展着身姿，一面吐放着鹅黄娇嫩的花朵，把一根根缠绵的枝条尽情地往四下里伸展，向春天的深处伸展。

我忍不住了，就用手里的摄像机，记录这早春的时刻。

不知什么时候，竟拥过来一大帮十几岁的孩子，他们一来到这片迎春花前面，立刻像兴奋的小鸟一样，一下子就钻进了迎春花丛之中。有的使劲嗅着花朵，有的把脸埋进了迎春花的枝条里面，他们完全陶醉了。

冷不丁地，一个男孩子跑到了我面前，对我说道："叔叔，你能不能为我们录一段像？"看到他脸上花苞一样的期待，我点了点头，准备为他们录像。可就在这时，却见一个女孩子走到他面前，小声地说了几句话，随后，就见那个男孩子皱着眉头想了想，又和其他几个孩子悄悄地说了一阵。然后，那个男孩子大声对其他孩子说道："叔叔摄像机里面的电不是很多了，为了能够快些录完，咱们就用一种新颖的方式，围着迎春花跳一圈怎么样？"他的话刚说完，刚才那个女孩子就和另外几个孩子热烈响应起来。于是，那帮十几岁的孩子就排成一队，手牵着手，围着那片迎春花，整齐而有节奏地微微弯下身体，并起双脚跳起来。

我一边给他们摄像，一边就有些纳闷儿：这些孩子怎么了？我并没有跟他们说摄像机里电不多了呀，况且，就算是要快些摄完的话，他们围着迎春花跑一圈就可以了，可为什么要并着双腿跳呢？

当我为那些孩子摄完像，并将录像带交给他们后，他们向我致了谢，一起向公园里别的地方走去。可是，这个时候，我却突然发现他们当中的一个女孩子，走路竟然一跛一跛地。她，是个残疾孩子。

我一下子就明白过来：原来，刚才那些孩子之所以要并起双脚，围着迎春化跳着跑，是为了她，是为了让她和他们一样，在这如画的春天里留下一个完美的记忆。

那一刻，看着那些孩子离去的身影，我忽然感到：其实，这早春里最美的景色并不是那些迎春花，而是这些灿烂纯真的孩子，他们就是这春天的心——就是那轮春天的太阳，明亮、温暖，向四周放射着光芒。

成长笔记

关爱他人的心就像早春三月绽放的花蕾，装点略带寒意的日子。小女孩的身体虽然有些残疾，但是值得庆幸的是，小伙伴们真挚的爱心为她的春天留下了一段完美的回忆。

和生命拉钩

曾予

那时我在医院做阑尾炎手术，5岁的女儿像个小大人似的跑前跑后地照顾我，让疼痛不知不觉地渐渐远离了我。她就像一个小小的太阳，走到哪里，就在哪里点燃一个春天，那里就会春意盎然，鸟语花香。女儿的乖巧使得病房里

的每个人都很喜欢她，尤其是邻床的一个老太太，看起来是个重病患者，行动很不方便，连说话都很吃力的样子，可是每当看到我女儿的时候，她的一双眼睛便闪着光亮，跟着她的身影不停地转动。

女儿也喜欢她，偷偷跟我说她像她死去的奶奶。她常常爬到老人的床上去，缠着她讲故事。老人的故事很好听，就连我们这些大人有时候都会听得入神。但是很显然，她很累，每讲完一个故事，额头上都会沁出一颗颗豆大的汗珠来。但每隔一会儿，她还会把女儿叫过去，接着给她讲故故事，她知道这是她唯一可以让孩子坐到她床边的办法。在讲过第五个故事之后，她咯血了。护士一边批评她一边给她按摩，她憨憨地笑着说："俺只想跟孩子多说会儿话。"

医生说她的病情非常严重，现在就是靠药物来维持着。当初是一个好心人救了她，把她送到医院来的，她靠拾荒为生，一个亲人都没有，拿不出钱来治病。医院已经为她垫付了两千多元了，医院召开了紧急会议，就是否继续为老人提供无偿治疗展开讨论，最后

大多数人都认为那是一个"无底洞"，而医院毕竟不是慈善机构，都同意给老人停药。

停药就意味着宣判了她的死刑。在拔掉那些针管之前，几个善良的医生凑钱给她买了新衣服。在给她穿上新衣服的时候，护士们低声和我们说，或许那是她的最后一个夜晚了。

她也意识到属于自己的时间已经不多了，她和护士说出了她的心愿。

谁都没有想到，她最后的心愿竟然是想搂搂我的女儿。连她自己都觉得这个要求是那样"过分"，谁会和一个将死的人躺在一个被窝啊！当医生向我们转达了她的愿望的时候，我们甚至来不及思考就一口回绝了，女儿不明就里，大声嚷嚷着要去，原因是可以听奶奶讲很多很多好听的故事。我完全可以理解一个没有亲人的老人将死的时候那种孤寂，那是比死亡更可怕的黑暗，可是我不能，也不敢让小小的女儿那么小就那么近距离地懂得死亡的含义。我叫家人把孩子领回家，孩子撅着嘴，很不情愿地跟着家人离开了。忽然，她像丢了什么东西似的又跑了回来。她来到老人床边，在老人耳边小声嘀咕着什么，还神秘兮兮地把手伸进老人的被窝里。我们看到，老人微笑着向她点了点头，仿佛她们之间已经达成了某种默契一样。

小小的太阳走掉了，病房里顿时变成了萧瑟的秋天，处处弥散着衰败和哀伤的味道。

那个夜里，我很难入睡。我在想自己是不是太自私了，一个孤苦无依的老人，在她生命的最后，想得到哪怕是片刻的那一份亲情，而我没有给她，我掐灭了她生命里最后一丝火苗。想到这里，我不禁有些愧疚起来，朝她那里望过去，借着月光，我看到老人的身子不停地抖动着，但是没有一声痛苦的呻吟，我想她是在死亡的边缘挣扎着吧，却没有一个人，没有一双手可以帮帮她。那个夜晚很平静，没有因为死亡临近一个生命而感到惊惧，窗外的月光反而有些美丽，我不停地在想一个问题：女儿和老人偷偷地说了什么呢？

第二天早晨，护士来给老人把脉，发现老人的脉搏跳动正常，老人还活着，而且呼吸还比前些天顺畅了许多。

第三天，老人说她有饿的感觉了。她喝了我的家人为她熬的鸡汤。接下来的几天里，老人一天比一天好了起来，让人不可思议的是，她能自己支撑着坐起来了。这在我们这个医学落后的城市，完全可以称得上是一个奇迹。

一周后，女儿来了，她给老人带来了一个毛茸茸的布娃娃，她说那个布娃娃就是她，让奶奶晚上搂着睡觉，就和搂着她一样。老人的眼睛又开始闪着光亮，跟着她的身影不停地转动。

女儿忽然"严肃"起来，她握住老人的手，当着所有人的面，对我说："爸爸，我又有奶奶了，我想让奶奶回家去住。"

我被这突如其来的"郑重决定"弄了个措手不及。女儿说她离开医院的那天，跟老人许下了一个诺言，她让老人等着她再来。她要给她一个大布娃娃，还要认她做奶奶。"说话就要算数，我们还拉钩了呢，"女儿怕我不同意，强调说："拉钩，上吊，一百年不许变……"

我使劲地点了点头，眼里含满了泪水。为老人，也为我的女儿。那一刻，我感到小小的女儿是那样伟大，她让我们这些大人们感到汗颜，无地自容。

院长听说了女儿和老人拉钩的故事之后，又一次召开了紧急会议，决定尽全力医治老人的病。"就算是为了一个孩子纯真的心愿。"那是院长在会上说的最后一句话。

这个世界上每天都有奇迹发生，但我亲身经历的这个奇迹，更加让我刻骨铭心。它是由一个孩子和一个老人共同创造出来的。

老人出院后，住到我们家来。女儿终于如愿以偿地睡到了老人的身边，她又缠着老人讲故事了，老人有些累，说明天给你讲两个，把今天的补上。"好，拉钩。"我又听到女儿说："拉钩，上吊，一百年不许变。"

这个 5 岁的小小的太阳，将她的世界照耀得春意盎然，生机勃勃。

夜里的时候，我过来给她们盖被子，我看到那双嫩嫩的胖乎乎的小手和那双骨瘦如柴的苍老的手握在了一起，像一幅摄影作品，极尽和谐之美。像这个世界某个地方正在完成的某种仪式，向我暗示着一种生命的真谛：生命需要爱来传递。爱，会让生命生生不息。

成长笔记

　　生与死的沟壑难以逾越，但我们可以用爱来把它填平。小女孩如同太阳般的温暖让老人重新燃起生的希望，一老一少，创造了一个生命的奇迹。

哲学教授的考题

胡桂林

人类的每一次文明进步，在增加一份快乐、幸福的同时，也在增加一份风险，增加一份辛苦、烦恼，这就是人类命运的辩证法。

哲学教授出了一道关于快乐、幸福的题，叫大学生们讨论、回答。题目的内容是几种人在果树园里劳作，他们劳作的方式不同，对待收获的态度不同，问哪种人最快乐、最幸福。

第一种人只种几棵果树，只干些锄草、浇水、捉虫的事，等到结果实后，他只摘来自己吃。

第二种人栽培了一片果园，除了完成第一种人做的事外，他还给果树施肥、剪枝、打农药，等结果实后，他只吃很小的部分，大多数都挑到市场上去卖掉，换回钱来购买其他生活用品。

第三种人栽培的果园比第二种人的面积大得多，除了完成第二种人做的事外，他还应用现代高科技，使果树生长、结果实的速度成倍提高，结出的果实运输、销售到国际市场。这样，第三种人不但有轿车、别墅，还在银行有大笔存款。

第四种人栽培的果园，与第三种人相当，在栽培方法、销售方法、应用高科技手段和物质生活上，也与第三种人不相上下。不同的是，第四种人还在许多闲暇时间里，到果园中吟诗作画、唱歌舞蹈，还在果园中养鸟栽花，把果园变成丰富多彩的生态园。

大学生们讨论后，都认为第四种人最快乐、幸福。因为，他既站到了人类先进科学技术的高峰，又站到了人类艺术文化的高峰，享受到审美的愉悦，所以，第四种人有最多层次、最丰富的快乐和幸福。当然，大学生们也认识到，第四种人是理想化的人，在当今世界尚属罕见。

哲学教授在充分肯定了学生们的意见后，又进一步总结道："其实，如果将快乐、幸福的方面与辛苦、烦恼的方面加以平衡，第四种人的分值与第一种人是一样的。无论怎样先进的科技手段，都会出现故障和意外，吟诗作画想表现出独特创新，也要绞尽脑汁。人类的每一次文明进步，在增加一份快乐、幸福的同时，也在增加一份风险，增加一份辛苦、烦恼，这就是人类命运的辩证法。"

对哲学教授的见解，大学生们先是惊奇，后是报以热烈的掌声。

试问我们每个人，在人生、事业的果园里，谁能做到只增加快乐、幸福，而不用承担更多的风险，不增加更多的辛苦、烦恼呢？

成长笔记

正所谓"有得必有失"，生命本来就是公平的。在追求理想的同时，我们也许会失去一些东西，即使这样，我们也不应停下追寻的脚步，因为只有前进才是到达理想彼岸的途径。

永不丢失

莫小米

夫妻双双都是江南水乡一所中学的教师，20年从教，观念不旧，物质生活不差，那份质朴不变。

水乡风景诱人。过节，城里亲戚都聚在那家，其中有女主人的侄女——大学刚毕业的银行职员。

我们到达的当天侄女打算告辞，临走前她的一只白金戒指怎么也找不着。怕误了班车，女主人说："你先走好了，我帮你找。"

侄女走后主人夫妇陪我们撑小船过小桥穿小巷，晃晃悠悠，直到天黑才回。晚饭用毕他们才想起戒指的事。在床底下、沙发缝里、食品柜脚找了个遍，没有。想起上午侄女曾花两个小时帮着理荠菜，而荠菜皮已与垃圾一起倒掉，便手提节能灯到楼下垃圾箱里翻了个遍，仍没有。

正折腾着电话铃响了，已经回到城里的侄女焦急地询问戒指的下落。女主

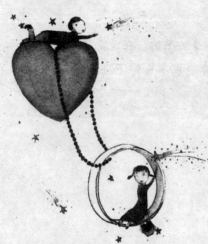

人说："别担心，肯定在的。"并问它值几个钱。侄女说了个数目不少的价，我们这些客人都有些不自在起来。女主人仍不紧不慢："在我这儿，不会丢的。"

电话挂断，众客人都自告奋勇要帮着彻底寻找，女主人却笑着说："没事的，明天再找。"

次日早起，女主人忽地想起什么，从放针线杂物的小抽屉里鼓捣出一样东

西，问众人道："莫非是它？"

众人凑近看，一个简单的小箍，一粒小小的钻石，式样毫不起眼，却正是那枚白金戒指！

女主人顿时双颊飞红：昨天我以为是个旧窗帘箍呢，随手就扔进抽屉了，害得大家虚惊一场……她带着一脸肇事者歉疚的表情。

我立刻告诉她我真羡慕她。她说不会丢失，就真的没有丢失。本来没有丢失，即使一时找不着她也坚信不会丢失。永不丢失的，恰是她对物欲的平静。

成长笔记

淳朴的女教师正因为内心没有受到物欲的污染和名利的羁绊，才会对钻戒视而不见，才会那么从容淡定。此外，她对朋友自始至终的信任，更值得我们钦佩。

带着微笑上路

崔鹤同

1998 年 7 月 22 日，桑兰代表中国参加在纽约市长岛举办的美国友好运动会上，不幸因体操练习中意外失手造成脊髓严重挫伤继而瘫痪。但是这个阳光女孩用她的努力和坚强，以"桑兰式微笑"征服了无数世人。她继国际著名影星成龙之后，成为了 2008 年申奥形象大使，也是 2008 年北京奥运会火炬手。由她发起，经中华国际医学交流基金会研究同意，设立了中华国际医学交流基金会——桑兰专项基金。她不仅加盟了星空卫视，成为《桑兰2008》节目的主持人，而且在众多媒体上开设了自己的体育评述专栏。

是的，十年来，桑兰带着灿烂的微笑，一路前行。她灿烂的微笑和微笑着的人生，感动了世界。听说一个女孩急急忙忙地准备出门参加一个重要聚会，母亲检查了女儿的行装，确实无可挑剔之后，又幽默地叮嘱了一句："别忘了带着微笑上路！"

带着微笑上路！说得多好！

人的一生就是一个行走的过程。人生之路，既有通都大邑，也有羊肠小道，既有鸟语花香，阳光灿烂，也有冰天雪地，阴云密布。无论什么时候，遇到什么情景，无论是顺境还是逆境，都要心存坦然，乐观面对，带着微笑上路，勇往直前。

带着微笑上路是一种豁达。人生在世，既会成功、富有、幸福和欢愉，也会失败、贫穷、受难和痛苦，而且十之八九不尽如人意。因此，要善待得与失，得之淡然，失之坦然。失去了今天，还有明天；太阳落下山，月亮会升起来。留得青山在，不怕没柴烧。在困顿与窘境中带着微笑，是一种超然和大度，犹如雄鹰在狂风中搏击，苍松在冰雪中傲立。

带着微笑上路是一种智慧。外国有句谚语：别为打翻的牛奶而哭泣！宋朝诗人杨万里有诗云："风力掀天浪打头，只须一笑不须愁。"事已至此，怨天尤人，悲观失望，只会使人丧失斗志，萎靡不振，畏缩不前。只有乐观面对，才能振奋精神，鼓舞士气，增强战胜困难的决心，从而迎来新的机遇。

带着微笑上路是一种希望。在跌倒时微笑，意味着又一次站起；在冰雪中微笑，预示着春天的临近；在失败时微笑，坚定成功的信念；在病痛中微笑，增强战胜疾病的勇气。失去了滔天巨浪，就缺少大海的雄浑；隐息了飞沙走石，就没有沙漠的壮观。人生遇到挫折和磨难，更平添豪迈和壮丽。微笑着走

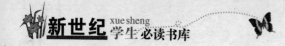

过山重水复，便会迎来柳暗花明。

　　人生只有一次，活着就是奇迹。善待生命，善待自己。带着微笑上路，在每一个清早，向着天边一抹淡红的晨曦，在每一个春天，面对枝头凸起的苞蕾，在每一次迈出家门，眺望遥远的地平线……带着微笑上路，豪情满怀，精神抖擞，成功和幸福，就在前面守候！

成长笔记

　　生活未曾有过一帆风顺的幸运，前进的道路上总有许多阴云和风雨。当我们在为跌倒而懊悔时，当我们在为失败而痛心时，别忘了，拍掉尘土，带着微笑上路，前方定会阳光明媚。

有灯的心

　　心里有灯，不会迷失自我，也更容易知耻、反省，我们都绕不过夜晚，但是，因为心里有灯，可以少一些糊涂，多一些明白少一些欺骗，多一些坦白。

霞光是太阳开出的花

老玉米

一个春天，阳光普照，鸟啭莺啼，每一处都是让人流连的花园，但这一切，和一个人无关。因为她是一个看不见任何事物的女孩，从出生的那一刻开始，上帝就在她和世界之间，关上了一扇重重的铁门。她在里面，阳光在外面。

她多想有一双机灵活泼的眼睛，闪烁着去捕捉一个个美好的镜头，然后拿到心头去冲洗、复印，再存放到人生的相簿里，慢慢回味。然而这一切，都只是永远无法实现的奢望。她没有看过这个世界一眼。

但是既然来到了这个世界，就不能总是背着身子哭泣。母亲说，虽然没有眼睛，你还有一双手，可以触摸世界。

是的，她有一双美丽而修长的手。

母亲为她描述世界的样子，阳光、风、水、云朵、落叶……于是，她就把所有能触摸到的火热的事物，都称为阳光，把所有能触摸到的冰凉的事物，都称为水。当风从她的指缝间慢慢划过，她感受到了温柔的力量，她会沉醉，感叹世界的美好。

一只毛毛狗伏在她的脚下，她会说：哦，多可爱的云朵。

她握着手里厚厚的广告传单，说，这么多的落叶。

她微笑着，小心碰触着她的世界，缓缓地移动脚步。

人们说：这孩子的脸，像霞光一样灿烂。她便把霞光当成了世界上最美丽的事物，珍藏在心底。

成长笔记

上帝掩住了女孩的眼睛，于是她就用手去触摸世界，用心去感受生活。那里阳光明媚，那里四季分明。只要你的心灵没有陷入黑暗，只要你的心里还有一份坚持，生活依然会给你最美的风景。

不能放弃的机会

沈岳明

古拉德13岁那年，全校考完试，决定放寒假的最后一天，他们的班主任老师弗朗西斯小姐说："这是今年的最后一课，不如大家来开个联欢会吧，因为明年我就要调去别的学校任教了，我真的很舍不得大家。"

接着，弗朗西斯小姐宣布，每个人都要唱一首歌，或者表演一个节目，因为她想深深地记住每一个同学的面孔。弗朗西斯小姐的话音刚落，坐在角落里的吉拉德便紧张得喘不过气来了，他知道，老师所说的每个人里也包括他。一向胆小内向的吉拉德，从来不敢想象，如果自己当众唱一首歌或者表演一个节目，那将是一种怎样尴尬的情形。

一时间，全班都陷入了沉默。弗朗西斯小姐提醒说："谁第一个来为大家表演节目？"见没有人吭声，弗朗西斯小姐只得点名了。当弗朗西斯小姐的目光扫到吉拉德的时候，他不由自主地低下了头。谢天谢地，弗朗西斯小姐点了安东尼的名字。安东尼站起来唱了一首歌，那是约翰·丹佛的《乡村路请带我回家》。安东尼唱道："在那里可以看到蓝岭及雪兰多

河，那里的生活源远流长，比大树悠久，比高山年少，如微风渐进。乡村路，请带我回到属于我的家——西弗吉尼亚，乡村路，请带我回家……"

吉拉德默默地在心里跟唱着，其实他也会唱这首歌。吉拉德想，如果弗朗西斯小姐下次喊到他，他就唱一首歌，有一首名叫《上帝之手》的歌他会唱，并且唱得比安东尼唱的《乡村路请带我回家》还要好。

可是，令吉拉德没想到的是，这次还没等老师点名，坐在他旁边的布赖恩便站了起来，并大声说："老师，我来唱一首，歌名叫《上帝之手》！"弗朗西斯小姐微笑着点了点头。布赖恩便开始唱了起来："他出生在乡村农舍，这是上帝的意愿，用一种谦卑的方式，成长和生活，去面对逆境……"

吉拉德真后悔，自己怎么就没有抢先站起来唱这首歌呢，就在他在心里狠狠地骂自己是胆小鬼的时候，布赖恩已经唱完了。在大家热烈的掌声中，一位叫露西娅的女生站了起来，她说："老师，我不会唱歌，我就念一句台词吧。"老师同样高兴地点了点头。露西娅念的是影片《扬帆》里的一句经典台词："噢，杰瑞，不要再乞求能得到月亮，我们已经拥有星星了。"

时，正是影片《扬帆》热播的时候，这句台词几乎人人会念。吉拉德想，我怎么就没想到念一句台词呢？于是，他决定下次他一定会为大家念一句台词。他想还是念台词好，简简单单就能获得老师的赞许和同学们的掌声。就在他正思考着念哪句台词的时候，阿德里站了起来，他说："老师，我既不会唱歌也不会念台词，我就给大家讲一个小笑话吧。"弗朗西斯小姐依然高兴地点了点头。

阿德里的笑话讲完了，古拉德竟然一点也没听进去。全班同学都在大笑，他却将头埋得低低的，手心里全是汗水。因为他实在是太后悔了，怎么就没想到讲一个笑话呢，其实他最喜欢的就是读笑话，并且很多笑话他都能流利地讲出来。

就在吉拉德决定勇敢地站起来，也给大家讲一个笑话的时候，弗朗西斯小姐宣布："因为时间关系，今天的节目就到此为止，大家下课后就赶紧回家吧！"这件事，让吉拉德失落了好长一段时间，同时，也让他深深地明白了一个道理：机会来临的时候，如果你没能好好地把握，一眨眼就会被别人抢去了。

后来，吉拉德成了全球最受欢迎的演讲大师，曾为世界五百强企业精英传授他的宝贵经验，来自世界各地数以百万的人被他的演讲所感动，被他的事迹所激励。尽管吉拉德出身于贫困的家庭，从小就遭受歧视，但他从自己的经历中学会了不能放弃任何可获得成功的机会。主要表现为以下两点：从不放弃任何一个演讲的机会；从不放过任何一个让别人了解自己的机会。

成长笔记

机会是上帝赐予每个人的礼物，抓住机会才能收获成功。当我们没有能力去创造优越时，我们唯一能做的就是不放弃任何一个改变自己的可能。

"伯伯，挺冷吧？"

西尾富

那是今年初春的事了，当时早晚还残留着一些冬季的寒意。一天早晨，我在向平时上下班的电车站走去的途中，看到有两三个四五岁的男孩在嬉戏。当我正准备从他们身边走过去的时候，一个男孩仰着头看着我说："伯伯，挺冷吧？"我也自然地顺口答道："嗯，真冷啊，小淘气儿。"便走过去了。因为意外地听到这个小男孩的话，我心里感到十分温暖，感到迈出的步伐都轻快了。

几天后的一个傍晚，我下了电车，走在回家的路上。前几天孩子们蹦着跳着玩耍的广场已经完全被雪覆盖了，只是在那广场的一端，还延续着仅能容一个人通过的足迹。我正踩着那些脚印一步一步往前走的时候，觉得身后好像有人。接着，"这路可真窄呀！"一个可爱的男孩的说话声传了过来。这是前些日子向我打招呼的那个男孩吗？我这样想着，回头一看，那个男孩已经毫不介意地走过去了。我已经没法儿回答他了。我忘记了路的难走，心情爽快地回到了家。

"伯伯，挺冷吧？""这路可真窄呀！"这些话的确很简单，可是这简单的一言一语，当时却深深地打动了我。这也许是出自那个男孩特有的敏锐的直观：看到一个似乎很冷的过路人随口说了一句，"伯伯？挺冷吧？"；

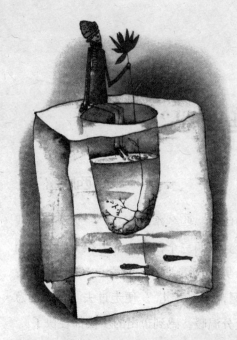

看到一个在狭窄的路上行走艰难的行人，便追上来，漫不经心地说了一句"这路可真窄呀！"而已。可是，正是这种能把自己看到的真实情形如实地、毫不犹豫地向陌生人说出来的孩子身上特有的那种天真、亲切温暖了我的心，使我心中无比畅快！

由这件事，我又记起了另一件愉快的往事。那已经是距今二十多年，我在中学里教国语时的事了。

四月初的一个早晨，我像往常一样，下了电车以后，享受着春季早晨特有的阳光，朝着学校的方向缓步走去。途中，穿过公园的樱花树林，快要迈上柏油路的时候，一个学生从我身旁快步走过。我无意中看了一眼，是一个身穿崭新制服、像是入学不久的学生。一会儿，从我身后又走过来一个学生，他赶过正缓步走着的我，向我问候道："老师早！"我一看，原来是我教的一个五年级学生。这时，刚才超过我的那个新生不知想起了，什么，一下站住了，然后当我一走近，他便摘下帽子说道："老师早！""你早！"我的话音还未落，他又接着说："老师，刚才我不知道您是老师。"

不管是对老师，还是对同学，必须要用清晰的话语问候，这是这个中学的守则之一。这个新生恐怕也是很快地受到了这种教诲吧，所以，当他意识到自己对一位老师欠了问候时，马上原地站住，向老师问好，并且还似乎为刚才的失礼进行了道歉。

想想看，这的确是令人称道的言行。无论是谁，当他意识到自己做的事情有错误时，能这样毫无顾忌地承认错误，并坦率地改正，是多么可贵啊，遇到了这样一个学生的我也顿时心情愉快地跨入了校门。

以后，我时常记起这桩往事，并且，那个少年郑重的面孔、劲头十足的声音还活生生地能够看到和听到。每当我想起"刚才我不知道您是老师"这句话，就不能不被他的真诚所打动。像这样不加修饰地吐露出的话语，具有奇迹般打动人心、使人愉快的力量。它使得黯然忧郁的心胸豁亮，使得冰冷滞固的心融化。恰恰是这样的语言，才可以称得上是具有生命力的语言！

我在这里所记起的，也可能仅仅是可称作孩子们特有的、天真无邪的表现而已。然而，如果我们能够经常注意语言的纯净化，我想即使是过了特有的年龄阶段之后，这样具有生命力的语言不仅不会失去，而且它将被培育成强有力的、价值很高的东西，同时还能够由此培养出人才，使社会变得更美好。

成长笔记

语言是传递爱的工具，是一种人与人紧密联系的媒介，它为心灵的沟通架起了桥梁。学会爱的言语，不要吝惜爱的给予，不只是对你爱的人说，还要大声对你身边的人说，因为爱是我们与他人心灵沟通的桥梁。

爱心传递

李智红

日本有一项国家级的奖项，叫"终生成就奖"。在素来都把荣誉看得比生命更为重要的日本人心目中，这是一项人人都梦寐以求，却又高不可攀的最高荣誉。在日本，有无数的社会精英、博学才俊一辈子努力奋斗的目标，就是为了能够最终获得这项大奖。但近期有一届"终生成就奖"，却在举国上下的企盼和瞩目中，出人意料地颁发给了一位名叫清水龟之助的邮递员。

清水龟之助是东京的一位普通邮递员，他每天的工作就是将各式各样的邮件，快速而准确地投递到每一个相关的家庭。与那些长期从事能够挽动人类历史快速发展的高尖端科技研究的专家学者相比，清水龟之助所做的贡献，简直就是微乎其微，甚至根本不值一提。然而，就是这位长期从事着如此平淡无奇的邮递工作的清水龟之助，却无可争议地获得了这项殊荣。这是因为在他从事邮递工作的整整 25 年中，清水龟之助的工作态度始终与他到职第一天的那种认真与投入没有什么两样。他所经手投递的数以亿计的邮件，从未出现过任何差错。不论是狂风暴雨，还是地冻天寒，甚至在大地震的灾难当中，他都能够及时而准确地把邮件投送到收件人的手中。

　　是什么样的力量支持着清水龟之助得以几十年如一日、持之以恒地把一项极为平凡普通的工作铸造成了一项伟大无比的成就呢？清水龟之助对此不无感慨地说："是快乐。我从我所从事的工作中感受到了无穷的快乐。"正是这种快乐的力量，支持清水龟之助完成了这项伟大的成就。

成长笔记

　　态度决定一切。面对同一件事，怀着乐观态度去面对与愁眉苦脸地去接受，结果会大不同。前者会很好地完成它并最终获得成功，后者要么半途而废，要么以失败告终。明智的我们，何不选择前者？

我们学会了相处

高志芳

　　成长，让一切变得猝不及防。我们站在青春的门槛前，一边是少年的清纯，一边是成人的沧桑。当我们开始以纯真的自我融入异己的社会，一时间，成长的烦恼与压力就变得无处不在。而我们的生命，便是在对烦恼的不断承受、克服、化解中一天天地蜕变、成长、定型的。

　　成长中，最渴望的是与人交往，最烦恼的也是与人相处。军训，便是在忐忑不安和惶恐中向我走来的……

　　第一天晚上，我边整理行李边留意着室友的谈笑。早听说，同一寝室里常常会为了一点儿芝麻绿豆大的事闹起冷战。我这个寝室长只盼望我们216寝室是块"吉祥福地"，这5天千万别闹出什么事。

　　然而，不想发生的事还是发生了，导火线便是宿舍的打水问题。

　　"我睡上铺，下来麻烦，打水嘛……"

　　"我靠门远，下回轮我吧。"

"我也不行，反正我也不常用水，打水就请你们代劳吧！"

彼此推脱的后果便是一番激烈的争吵。不大的房间里硝烟弥漫，气氛极为紧张。

其实，寝室里原来有几瓶热水，但捷足先登的三个女孩将水用得一滴不剩，又不肯去打。其他人也赌气地坐坐着，这才引发了"战争"。

离熄灯还有 20 分钟，小姐们却没有行动的意思。最后，我只得苦笑着站起身向开水间走去。回来的路上，我边走边想：这些人怎么这样自私，这 5 天还不知会有什么事呢！

我的预言很快实现了。

半夜里，我被一阵嘈杂声吵醒。借着月光，看到的是上铺的三个女孩正在穿衣下床。不到 5 分钟，其他人也探身一看究竟——原来那三位小姐拉肚子了。恰巧，她们正是先前抢到水的几个。大概是那瓶中的水不太干净，我这样猜测着。

由于先前的争吵，大家冷着眼看她们上上下下。寝室里不时还有几个不友好的声音："谁要你们刚才那么不客气，活该！"

这时，那三位的脸色难看极了。

过了一会儿，终于有人忍不住，爬起来递上几粒家里带来的药片。其他人也不再矜持：或是上前安慰，或是打来热水给她们服药。一旁的我暗自感谢着这场突如其来的病。真是多亏了它，不是吗？

一切又回复了平静。然而，黑暗中传来一阵哭声，是那位先前抢水最凶的女孩："都怪我，若不是贪那点儿小便宜，也不会自讨苦吃，现在怎么办呢，明天还有训练……"

女孩的哭声感染了其他两位同病相怜的室友，她们也哭了。但这一回，不再有幸灾乐祸，不再有嘲笑讽刺，只有那不知何时响应起的歌声回旋在小小的房间里，驱走了不安，消融了冰冷。这一室的温暖渐渐倦了我的眼，歌声也渐渐地轻了，轻了……

第二天，我心急如焚地想去打水，却意外地发现水瓶都灌满了热水。我蓦然回头，昨晚的三位"病人"早已起床，正向我投来清晨最美的笑容。她们真的"好"了。

之后的几天过得很快，也很顺利。临行前，我向挂着"最佳寝室"锦旗的216 寝室投去最后一眼，嘴边也漾出了 5 天来最舒心最坦然的笑。

成长笔记

　　人与人交往贵在真诚友善。世界上本没有隔阂与间隙，试着忘记一己之私，忘记别人的过错，真心与人相处，这样才能构建起我们和谐的家园，创造出真善美的世界。

有灯的心

罗 西

住在福州某花园的潘小姐，一大早到小区架空层找摩托车准备上班，突然发现自己爱车的后视镜断落不见了。正纳闷，突然发现后视镜，"掉"在摩托车的脚踏板上，底下压着一张纸条：

> 不知名的车主，对不起，是我不小心刮断了你车子的后视镜，一时找不到你，我电话是 XX，麻烦你打个电话，我愿意赔偿损失，并且诚意道歉……

潘小姐心里油然而生的怨气瞬间云消雾散。她将信将疑地拨了电话过去，是位先生，他说前天晚上自己太莽撞，不小心碰坏了她的车后视镜，由于当时已是午夜，就灵机一动，留下那张纸条。

他说，他不想推卸责任，他会很快把潘小姐修车的费用亲自送上门……

事情就这样圆满解决了，潘小姐很意外，也很感动，于是她把这件事情当做新闻线索提供给了报社。

我们应该为这位先生的行为鼓掌，暗夜里，他一个人精彩演出，让我们看见人性光辉的一面。他本可以转身就走，但是，他内心有盏叫"道德"的灯在照耀着自己，所以，他"逃逸"不了自己的良心，他必须摸黑弯下身子写那些朴实诚恳的文字，他是在交代，其实

也是在抚慰自己。我们常常会在夜里有"做坏事"的心理冲动，觉得夜幕是最好的掩护，所以偷盗多在夜里进行，黑夜给我们自由，其实也在考验并拷问我们的道德与良心。

很小的时候问过母亲，为什么星星只在夜晚才出现，妈妈简单地说，因为很多人走夜路，所以星星就为路人点灯。我们有生物钟，丈量自己的时间，其实也有盏心灵之灯，有些人亮着，有些人却把它吹灭。星星是黑夜的灯，而良心是人性的灯。

心里有灯，不会迷失自我，也更容易知耻、反省，我们都绕不过夜晚，但是，因为心里有灯，可以少一些糊涂，多一些明白，少一些欺骗，多一些坦白。

一个明白、明亮的人，就是一个无愧而清澈的人，因为他生命的杂质与灰尘已经被那些心灵之光荡除干净。

成长笔记

社会生活中，有着形形色色的法律规则。规则会有局限，但道德却无所不在。当我们心里都有一盏道德的灯时，我们的生活就会多一些秩序，少一些混乱，多一些温暖，少一些炎凉。

一块煤的热量

朱成玉

那个冬天很冷，世界仿佛都被冻僵了。

邻居是个租户，一个离婚男人，带着儿子一起过。男人没有文化，只能扛着个大板锹去蹲站点卖苦力。

男人没钱买煤，只好上后山去砍柴烧。下了大雪，很难找到干柴，他就扛了些很粗的树根回去。因为柴火湿，冒了一屋子烟。满屋子只有炕头一巴掌大的地方是热的，孩子就坐在那一巴掌大的地方，摆弄着自己最喜欢的玩具，那些大小不一的积木，都是别人不要的，他一个个积攒下来，他用这些大小不一的积木搭了一个房子，他说要盖一个不用在屋子里戴帽子的很暖和的大房子。

母亲心软，总想找借口接济一下他们，可是男人却从来不肯接受我们家的施舍。转眼到了年底，家家户户都忙着置办年货，男人照例每天都空着手回来。别人家的孩子已经开始零星地放鞭炮了，他的孩子却只能眼巴巴地听着别人的快乐在空中炸响，眼巴巴地看着别人的幸福在夜空绽放。男人看出孩子的心思，买回来一小串鞭炮，孩子蹦得老高。不舍得放，一个个拆下来，每天男人走的时候他放一个，他说给爸爸送行，男人回来再放一个，他说给爸爸接风。那些淘气的孩子就经常过来嘲笑他，说他的炮像放屁。要个没个，要响没响。他们拿出炮来当着他的

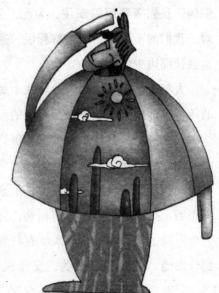

面放。这个时候，我的母亲就会跑出来把那帮孩子撵跑，心疼地搂着他，顺道往他的口袋里揣进去几颗糖果。孩子不舍得吃，说是要和爸爸一起吃。天气冷，母亲让孩子在我们家住下，孩子不肯，他说要回去给爸爸焐被窝，"爸爸一个人住，被窝里会很冷的。"

半夜的时候，父亲说，好像有人在偷我们家的煤，就提着手电要出去查看。母亲把父亲拽了下来，说，让他烧点吧，一定是三九天，冷得受不了，怪可怜的！

第二天，母亲果然看到煤堆上少了些煤块，但不是很明显，应该是很少的几块。男人经过的时候，就有了些很不自在的感觉，匆匆打了声招呼就从母亲身边溜了过去。母亲叹了几气，把煤堆仔细翻了一遍，把一些大大小小的煤块都放到了上面，她想这样更适合他来"偷"。

果然，一连几个夜里，男人都过来偷煤。本来我们一直是住东屋的，母亲偏偏让我们搬到西屋来住，为此，父亲专门搭了一个炉子，把西屋烧得很热。对于我们的不明白，母亲解释说，这样我们与隔壁的这面墙就会是暖山，多少也会让那边少些寒气。

大年三十那天，男人拎着几个鸡蛋和几条窄窄的刀鱼回来了。那是他所有的年货，他说要给孩子做点好吃的。

三十晚上，我们拿着大串的鞭炮要"接神"，母亲把隔壁的孩子喊了出来，和我们一起放鞭炮。我和姐姐还把自己的"魔术弹"交到他的手里，让他举着来放。孩子高兴极了。接完神，父亲对男人说，过来一起吃年夜饭吧，陪老哥喝点酒。拗不过父母的一再相劝，男人就和孩子过来了。不忘端着他做的那盘刀鱼。喝了些酒之后，男人就有些醉意，很不"男人"地流了眼泪，开始向我们忏悔他"偷煤"的行为。父亲说，冬天总是要烧些煤的，你那个屋子墙皮薄，只有煤的热量才能抵得住冷气。大人倒好说，总不能把孩子冻坏了。要烧煤就过来撮，这个冬天太冷，咱们一起撺，总会撺过去的。

一块煤到底有多少热量，男人心里清清楚楚。它们不仅暖和了那一个冬天，还暖和了一颗僵硬的心。就像这刚刚喝下去的烈酒，在心底火烧火燎的，把整颗心都点着了。

成长笔记

逐渐减少的煤堆，逐渐温暖的墙壁，善良的人们为这个冬天带去了一丝温暖。用一颗善良的心，用一种善意的方式，这一份帮助显得格外珍贵。做一颗能够发热的煤，去温暖你身边的世界。

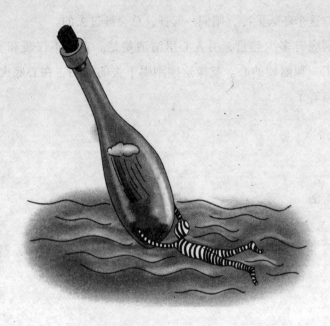

瓦罐中的智慧

李　群

安纳斯是生活在森林中的蜘蛛人，在加纳传说中，他既狡猾又贪婪。传说他把世界上所有的智慧都收归己有，盛进一个很大的瓦罐中随身携带。他得意地说："我拥有世上所有的智慧。"他用一根粗壮的葡萄藤拴住瓦罐，整天挂在脖子上吊在胸前。但是他仍旧担心有人会偷走他的智慧，"怎样才能让我的智慧安全呢？"他终于想出个办法，"我要把瓦罐藏在森林中最高的树顶。"他找到森林中最高的树。他往树上爬时，胸前的瓦罐总是很碍事，他的儿子问道："爸爸，你在干什么？"他说："世上所有的智慧都装在这个瓦罐里，我要把它藏到树上，这样我就永远是最聪明的人了。""可是爸爸，"儿子说，"为什么不把瓦罐背到背后呢，那样爬树不是更方便吗？"于是安纳斯把瓦罐背到背后，果然很快爬到了树顶。

但是安纳斯坐在树顶的树枝上，捧着瓦罐发起了呆："我以为我拥有世上所有的智慧，可是儿子的智慧却不在这罐里。"于是他下了一个结论，直到今天这句话还在流传："没有人能拥有世上所有的智慧。"

安纳斯把瓦罐扔到地上，瓦罐摔得粉碎，里面的智慧撒遍了全世界。

成长笔记

　　智慧不是外在的财富，也不是可以掠夺的资源。它需要我们在生活中点滴地汲取，细致地观察，不懈地学习，这样才能使智慧的涓涓细流汇集成无尽的海洋，从而把人带到理想的彼岸、幸福的国度。

诚实值 100 分

王志强

大二上学期，新开了一门实验分析课，听高年级的师兄说，上这门课的李老师脾气极好，心地很善良，最重要的，也是我们最关心的，她极少给同学不及格，这让我们非常开心，也安心了不少。

传言不虚，李老师五十来岁，为人极随和，脸上洋溢着慈祥的笑容，而且非常关心我们的学习和生活，班上不少同学去她家玩过，也是交口称赞。稍微与她的慈爱不太协调的是，她在课上要求很严，反复强调操作要规范，读数要准确，态度要认真……但总的说来，这门课感觉很不错。

我感觉到不妙是从实验报告开始的，每次我总得 4 分或 5 分，李老师曾说过，这门课以实验报告分数来计成绩，共计 10 个实验，每次满分为 10 分。如

果我一直 4 分、5 分下去，那就意味着我将不及格，难道我将成为那很不幸的"极少"之一？看着周围的同学，都是 7 分 8 分，甚至有鲜红的 9.5 分！这让我既羡慕又有些恐惧。不过平心而论，我态度十分认真，报告也写得极规范，可分数总少得可怜，每次我都比上次更努力，但那不争气的分数死活不见增长。随着实验次数的减少，我的恐惧在一分分增加，最后，眼看及格无望时，我已经快要放弃了，只能寄希望于李老师发发慈悲。

充满恐惧的时刻终于来临。那是一个很冷的下午，我的心也跟窗外的严寒差不多。李老师在发完实验报告后说："同学们，咱们的课快要结束了，

可能大家都比较关心分数情况，下面我给大家通报一下实验情况和最后得分。"

李老师的话句句如晴天霹雳在我头上炸响，丢人现眼的时刻终于来了。我已经听不进李老师继续说什么，只是想想自己为这门课所付出的努力，心中也颇觉委屈，眼圈开始微微发红。47分，我已在心里算过无数次了，我应该是班上唯一一个不及格者，我的心在下沉，下沉，一直沉向那不可知的深渊。

等我回过神来再听时，李老师说："你们绝大部分同学的数据都非常准确，跟教材也吻合，实验误差很小，因此分数也比较理想。只有一位同学，分数不太高。"

刹那间，我浑身一震，我知道就要点我的名了，我甚至已经听到了同学们的窃窃私语，也完全想象得到他们在用何等不屑的眼神看我。于是，我痛苦地深深地埋下头去。

但我没听到我的名字。李老师继续说："这位同学态度倒非常认真，操作也很仔细，只是数据误差较大；跟教材上的标准答案差得太多。"突然，李老师提高了声音，"但是，他的实验结果跟我得到的实验数据很接近。同学们，我不明白，我带了三十多年分析课，但我很少得到你们那么精确的答案。事实

上，以我们目前的仪器设备，实验误差就是比较大。但是，你们每个人每次的实验数据都那么准确，这只能有一种解释——你们的数据是根据课本凑出来或是编出来的，不是真实数据。鉴于这种情况，我想给他满分。"

听这番话时，我先是惊诧，后来有些震惊了。等老师说完最后那句话，我脑海中有过片刻的空白，接着心中就被一股汹涌的情感激荡着。我微微抬起头，两眼满含感激地望着李老师，李老师也正在看我，眼睛中充满了理解、信任与支持。不知何时，泪水已模糊了我的双眼，我知道，虽然我眼中有泪，但我不必再低着头。

李老师接着说："同学们，你们是新时代的大学生，将来都会成材。只是我想提醒你们，在成材前先学好如何做人，要学会负责任，不要因为任何原因丢掉你们身上最宝贵的东西。我希望你们牢记诚实值一百分。"

教室里良久无声，所有人，包括我，都在沉默着。

成长笔记

无论在学习中还是工作中，诚实都是一种最重要的美德，它是我们为人处世最基本的原则，待人以诚，做人有信，才能在前进的道路上越走越远。

不要做一张白纸

雪小禅

那年我们这些大学毕业生像一群蜂一样飞向了人才市场。当我们把那些自己精心包装出来的简历递上去之后，他们总是随意地翻翻，然后放在了一边，因为即使我们说得再天花乱坠，没有真本领也是不行的。但一连十几天的遭遇让我们自信心大伤，好像自己学的专业到了社会上全变成了没用的东西。

那些简历并没有给我们带来什么效果，有个单位同意接收我们，那是一家中外合资的大公司，我们一共去了 5 个人，实习期是 1 个月。

我们 5 个人抱着特别得意的态度进了公司，1 个月之后也许我们就成了这里的正式员工，因为那些一线工人的学历只有中专，所以，我们应该有骄傲的资格。

一个月后，我们的主管把我们叫到他的办公室，给我们的不是聘用书，而是让我们离开的通知。

为什么？我们一脸无辜。至少，我们比那些中专生强吧？

他笑了，不，你们没有自己的特点和长处。那些操作线上的工人，至少有一种踏实肯干的精神，而你们一直飘在空中，拿着自己的大本学历，而且，你们就像一张张白纸，根本分不出谁和谁有什么区别。

白纸？我们疑惑地看着他。

是的。他说，要想成功，就不能只做一张白纸，你们看，说完，他拿出一叠纸来，里面全是白纸，他让我们自己找一页，过了一会儿，又把次序打乱。再找找看。他说。

我们当然没有找出来。

然后他把里面放上了一张红纸，然后对我们说，再找找看。

我们笑了，这不是把我们当成幼儿园的孩子了吧？

他说，要做就做那张出色的红纸，这样人家才能记住你，你才能有出人头地的机会。如果和其他纸一样混入平常的纸里，你永远不可能被发现。

我们如悟禅机。他又说，或者，你在纸上画些乱七八糟的东西都行，只要能证明那是你就行。当然，最出色的就是做一张画满了人生理想图案的彩纸，那样的话，你就会有十分满意的人生。

那次谈话让我终生难忘，因为从那时起我就记住了，努力让自己做一张与众不同的纸，然后在上而画上最美丽的图案。

成长笔记

如果人们的性格和特点都一样，那就会像白纸一样无法区分，当你抱怨自己得不到重用的时候，你应该在你人生的白纸上画上理想的颜色，那样才会吸引别人的目光。

画杨桃

维　祖

念小学四年级的时候，我得了一场大病，在家休养半年。父亲为了慰我寂寥，教我读唐诗、下围棋，还教我学画画。他是岭南画派祖师爷高剑父、高奇峰的弟子。岭南画派是吸收西洋画技法的，因此我学画自然要从素描入手，画鸡蛋、茶杯、水壶、香蕉……父亲对我要求很严，要我认真忠实于素描对象，一丝不苟。从轮廓到光线的明暗，都要尽量准确。"你看见那是怎样的，就得把它画成怎样，不要想当然，画歪了它的模样。"他老是这样叮嘱我。

休养完了，回校复课，升上了五年级。有一次上图画课，老帅把带来的两个杨桃平摆在讲坛上，要我们对着写生。

教室是按学生的高矮编排座位的。在全班里我是较矮的几个当中的一个，座位编在前排靠边的地方。讲坛上那两个杨桃的一端正对着我。从我所处的角度看去，那五棱杨桃的轮廓就根本不像杨桃，而是五个角的什么东西了。

唉，要是能给我换一个座位，让我从别的角度去画就好啦！可是我只能坐在编定的座位上。忠实于自己的眼睛和物体的状貌，把自己的所见如实地画出来，别人会相信那是杨桃吗？我要不要按自己想象中的杨桃模样去画呢？

不！父亲的叮嘱还在起作用：

"你看见是怎样的，就把它画成怎样的，不要画歪了它的模样。"

到头来，我还是老老实实地照画了。画得很忠实，很认真，而且还相当准确。当我把自己的这幅习作交出去的时候，有几个同学看了，都哈哈大笑："瞧，他画出个什么来了？"

"嘻嘻，杨桃是这个样子的？"

"倒不如说是五角星吧！"

"哈哈，画杨桃画成了五角星……"

老师把我的习作要过去看了看，又走到我的座位坐下来，审视了一下讲坛上的杨桃，然后走到课室中央，高举起我的习作向同学们发问：

"这幅写生，大家说画得像不像？"

"不像！"同学们齐声回答。

"它像什么？"老师又问。

"像五角星！"几个同学应道，同时发出了嘻嘻哈哈的笑声。

老师的神情变得有点儿严肃，半晌，再问道："画杨桃画成'五角星'，好笑么？"

同学们摸不透老师发问的意思，大都不敢回答，唯有刚才笑得最响的那几个不知好歹，齐声答道：

"好笑！"

老师于是下令："说'好笑'的同学，请离开座位，站到前面来！"

刚才还嘻嘻哈哈的几个同学不知道将要发生什么事，面面相觑，迟迟疑疑地站起来走到讲台前一字儿排开。

这时，老师走到我身旁，要我让开座位，然后对那几个同学说：

"来，你们排好队，走过来，轮流坐到这位置上。"

他们只好听从命令。

"好啦，现在你看看那杨桃，像你平时想象中的杨桃那个模样吗？"老师对头一个坐到我座位上的同学问道。

"不……像。"

"那么，像什么呢？"

"像……五、五角星。"

"好，你站起来。下一个……"

老师让这几个同学回到自己的座位之后，随即和颜悦色地对全班同学说：

"说起杨桃，大家都会想到杨桃的形状：接近椭圆，肩部肥大，底部略为尖削，有五棱。但是从不同的角度看去，杨桃就不一定是人们心目中的杨桃那个模样了，有时候，它看起来就真的像五角星。因此，当我们看见别人把杨桃画成五角星的时候不要忙着发笑，要看看人家是处在哪个位置，从什么角度对着那杨桃的。我们应该忠实于自己的眼睛。当你从自己所处的角度看去，杨桃不像杨桃而只像五角星，你也应该大胆地把它画成'五角星'，不要唯恐别人说它不像杨桃，而故意把它画成将会取得别人认可的那个样子……"

老师的教诲使我一生受用。这道理自然不仅在于画画。

成长笔记

大自然的神奇正在于它的变化莫测，在不同的时间和角度，其呈现在我们眼前的样子也不尽相同。因此，我们应该坚信自己的眼睛所看到的，既不随波逐流，也不因别人的否定而改变自己的观点。

"替鸡破壳"的启示

张秀梅

母鸡孵小鸡整整21天了。"妈妈，快来看!"一大早就蹲在鸡舍前看孵小鸡的9岁的儿子兴奋地喊。原来，已经有十多只毛茸茸的小鸡仔抖动着小翅膀从蛋壳里爬了出来。望着还未破壳的一只鸡蛋，急躁的儿子忙帮小鸡戳破蛋壳，小鸡果然轻松地爬了出来，但它在地上蹒跚了没几步，就一头扎地而死。儿子哭了。我恍然大悟，原来，只有小鸡自己从蛋壳里挣扎出来身体才能健壮，小鸡在蛋壳里挣扎是在锻炼和完善自己。正是儿子替小鸡破壳的好心之举，害死了这只小鸡!

望着正擦拭眼泪的儿子，我的心不禁猛然一震：当前，不少父母非常疼爱孩子，可以说已经到了捧在手里怕掉了，含在嘴里怕化了的地步。包括我在内，儿子都9岁了，还是我给他穿衣服、系鞋带、叠被子……我的这些做法不正是与"替鸡破壳"如出一辙吗？现在的孩子任性、自私、依赖性强，这样的孩子将来走上社会，必然缺乏独立生活的能力，有的甚至经不起挫折和磨难。而对此，父母负有极大的责任，正是我们那些"替鸡破壳"式的过分溺爱、庇护和包揽，扼杀了孩子创造的天性，窒息了孩子探索的精神，夺去了孩子锻炼的机会。

不经风雨，难见彩虹。为了孩子的健康成长，我们每一个做父母的都应当坚决摒弃那种"替鸡破壳"式的"好心"之举，让孩子在探索未知世界的过程中经受风雨的洗礼和人世间艰苦的锻炼，自己"破壳"而出。

成长笔记

温室里的花朵早早凋谢，寒梅经霜却傲然绽放，在逆境与困难面前，人们会变得坚强和勇敢。人只有经过磨砺，才能成长、成熟。

走迷宫的秘诀

沈岳明

德国人费舍尔是世界上唯一的全职迷宫制造商。52 岁的费舍尔和他的 12 名员工负责为 25 个国家制造迷宫。他们造的 400 多个迷宫遍布全球，包括美国的城堡迷宫、英国的龙迷宫以及法国的植物迷宫等。

同时，费舍尔还是吉尼斯世界纪录里走迷宫最多的人，他曾经成功征服了 1 000 多座迷宫，其中包括世界上最长的迷宫，它位于夏威夷瓦胡岛上的救济农场。该迷宫里有 14 400 种热带植物，总长度超过 4.8 千米。

还有世界上最大的植物迷宫，它位于美国，里面种的是向日葵。每年冬天，会重新设计并播种，到了春天就又长出一个全新的迷宫图案。有超过 8 万人试图走出这片 4 万平方米的迷宫，可是只有极少数人成功了。另外还有石头迷宫、城墙迷宫、沙漠迷宫等，费舍尔传奇式的经历让很多热爱走迷宫的人羡慕不已。

于是，有人好奇地问费舍尔："走迷宫的秘诀是什么？"费舍尔说："其实走迷宫是没有秘诀的，因为在每次面对一个新迷宫的时候，所有人都是陌生的。但有一点谁都知道，那就是所有的迷宫肯定都有一个成功的出路。如果一定要说有秘诀的话，那便只有一个：当你走过了所有通往失败的路后，便只剩下一条路了，那就是成功的路!"

成长笔记

　　生活就像一座迷宫，看似有千万个出口。但属于你的出路往往只有一条。冷静的头脑，坚定的信念，再加上坚持不懈的努力，当你推过所有打不开的门之后，最后的那一扇，一定通往成功。

只追前一名

崔鹤同

　　一个女孩，小的时候由于身体纤弱，每次体育课跑步都落在最后。这让好胜心极强的她感到非常沮丧，甚至害怕上体育课。这时，女孩的妈妈安慰她："没关系的，你年龄最小，可以跑在最后。不过，孩子你记住，下一次你的目标就是：只追前一名。"

　　小女孩点了点头，记住了妈妈的话。再跑步时，她就奋力追赶她前面的同学。结果从倒数第一名，到倒数第二、第三、第四……一个学期还没结束，她的跑步成绩已"跑到"中游水平，而且她也慢慢地喜欢上了体育课。接下来，小女孩的妈妈把"只追前一名"的理念，引申到她的学习中。妈妈告诉她："如果每次考试都超过一个同学的话，那你就非常了不起啦！就这样，女孩的妈妈始终以"只追前一名"的理念引导教育女孩，使这个女孩 2001 年从北京大学毕业，同年 4 月被哈佛大学教育学院以全额奖学金录取，成为当年哈佛教育学院录取的唯一一位中国应届本科生业生。她就是朱成。2002 年 6 月，朱成获得了哈佛大学硕士学位，同年 9 月她被哈佛大学文理学院聘为全职教师。2003 年 9 月，攻读博士学位。2006 年 4 月，她当选为有 11 个研究生院、13 000 名研究生的哈佛大学研究生院学生会总会主席。这是哈佛 370 年历史上第一位中国籍学生出任该职位，引起了巨大轰动。

　　"只追前一名"，就是所谓的"够一够，摘桃子"。没有目标便失去了方向，没有期望便失去了动力。但是，目标太高，好高骛远，便高不可攀；期望太大，不着边际，便望而生畏。这样，最后的结果不是力不从心便是半途而废。明确而又可行的目标，真实而又适度的期望，让孩子看得见，摸得着，才能引领孩子脚踏实地，胸有成竹地朝前走。

希华·莱德是英国知名作家，战地记者。"二战"结束后，他谋到了一个写广告剧本的差事。出于信任，广告商并没有跟他签订什么合同，也没有明确规定他一共需要写多少个剧本。平心静气的莱德一直不停地写，竟然一口气完成了 2 000 个广告剧本，这个成绩令世人震惊，甚至连他自己都感到十分意外。而如果当初广告商要与他签订合同的话，别说是 2 000 个剧本，就是 1 000 个，他也会退避三舍。世界著名撑竿跳运动员布勃卡有个绰号叫"1 厘米王"，因为在一些重大的国际比赛中，他几乎每次都能刷新自己保持的纪录，将成绩提高 1 厘米。当成功地跃过 6.15 米、第 35 次刷新世界纪录时，他不无感慨地说："如果我当初就把训练目标定在 6.15 米，没准儿会被这个目标吓倒。"

把目标降低到"一厘米"，把期望缩小到"一个剧本"，分时限、分阶段去实现人生的抱负。如此放下包袱，轻装上阵，集中精力做好今天，做好当前，才能"稳扎稳打"，满怀信心地走向明天。"只追前一名"，是一种人生的跨越，不仅需要智慧，更需要胆识。

成长笔记

跑步的时候，只想着超过前一名；跳高的时候，只想着提高一厘米。小的进步往往积累出大的成功。好高骛远的目标并不能成就强者，真正的跨越，是实现了一小步，再不懈地迈进一大步。

每个人心里都有一头正义的狮子

罗 西

母亲做放疗前，有很多繁琐的体检，其中一项是"肺功能测试"。

在一边排队的时候，那位坐着也显高的医生不耐烦地对一位乡下老太太低吼："吸气的时候，要像吸田螺；呼气的时候，要像吹蜡烛。我说了多少遍了，你还不会！"因为语言不通，随身的小保姆替那老太太满头大汗地同声翻译。但是老太太越听越慌，动作走形，根本做不出要求的动作。她听不懂医生的话，却变本加厉领略到"高"医生鄙夷加愤怒的表情与声调，恶性循环，耶老太太最后连什么叫"吹蜡烛"都不会了，嘴里嘟囔说："我家里都是用电灯的……"

而那"高"医生不仅没有同情，而是进一步奚落她："你都抽了20年的香烟了，一天两包，现在连吐烟的动作都不会？"

母亲在我右侧，挽着我，看医生那么凶狠，有些胆怯，下意识地在练习"吸田螺""吹蜡烛"。我终于按捺不住内心的生气，确切地说，是种"正义

感"，严肃、诚恳但是温和地批评了那位医生："你这样给她压力，她肯定做不好，请给她一些时间，不要急……"他猛地转头，看我一脸的正气，本想发作，也不好意思了，赶紧自我解嘲："我今天感冒，声音是有点粗了!"我笑笑，说了声"谢谢"，给了他台阶下。

另一场合，某银行营业所。一老人在按密码，结果一错再错，无奈，不安，仰头回忆……跟在他后面的一中年女士"啧"了好几次嘴，最后居然嚷起来："快点，磨蹭那么久，要不退一边去慢慢想……"我在隔壁窗口办挂失，忍无可忍，心里的正气再次让我站起来："怎么可以这样对待一个老人? 他已经够慌了……"老人有我撑腰，渐渐镇静了，那急尖尖的女子看大气候不对，也惭愧地自语："我店里没有人照看……"

早年我不是很勇敢，有典型的"逃兵人格"。不知道从哪年开始我变得"爱管闲事"，更妙的是，我渐渐显得有魄力和有胆量，自我感觉更强火了。究其根源，我明白，是内心的"正义感"被唤醒、蒸腾、释放。我们常常习惯明哲保身，其实是矮化自我；相反，谁都容易被正义所慑服，哪怕是恶棍。特别是平常生活里，正义感很有正面力量，每次我站出来"主持正义"，几乎所向披靡，比如在电梯里提醒抽烟的人、排队的时候喝止插队的人……

现在问题是，我们常常把见义勇为寄托在别人身上，希望自己扮演"感动的角色"，而不是"激动的角色"，于是选择躲让，在躲让中丧失了一个人应有的魄力与胆略。其实每个人心里都有一头正义的狮子，它是正确的；而对的，就是最大的力量。请你不要藏起这样的力量，让它发出声音，激发生命的热度。

成长笔记

每个人心里都有一头"正义的狮子"，关键在于内心的选择。有的人选择在邪恶面前逃避，退缩，那么这头"正义的狮子"会一直沉睡不醒。而有的人却临危不惧，让"正义的雄狮"发出震撼人心的巨吼。

生日蛋糕

Anna

"妈妈,妈妈,明天是我的生日!"

"我记得。你想要什么礼物?"

"生日蛋糕!"

"这孩子啊,就是嘴馋!"

"不是我想吃!"女儿委屈地撅起嘴,"我想给你吃!"

孩子的话引起了我的注意。

女儿继续说:"我听外婆说,妈妈小时候最喜欢站在西饼店外,目不转睛地盯着里面的生日蛋糕。"

我笑了。没想到母亲竟向孩子提起我小时候的事情。"是啊!以前家里没多少钱,每次生日,你外婆都会给我两个红鸡蛋,那就算是礼物了,没有生日蛋糕……"

女儿不解地问:"为什么不买啊?"

"傻孩子!那时的蛋糕可不便宜呢!不过,后来我还是吃上生日蛋糕了。"我有点儿得意地说。

"有一年,街上新开了一间西饼店,那儿可热闹了。我总爱跑去西饼店,看里面每天都有不同花样的蛋糕。有几次你外婆拉着我回家,我还不愿走呢!那时我想,要是能吃上一块就好了。"

"那年的生日,天黑了你外婆还没回来。

你外公只说她凌晨就拉了一车煤进城去卖，便没有多说什么了。夜色越来越浓，我心里又急又怕。"

"夜里十点多，终于盼到你外婆回来。见到我，她竟捧出一块瘪了半边的生日蛋糕：'这蛋糕给你！孩子，吃吧！大家都吃吧！'我从你外婆手上接过蛋糕，高兴得快疯了。尽管蛋糕上沾了些泥沙，但这份从没享用过的美味瞬间就被我扫荡一空了，你外婆露出的脚趾头还磨出血来……"

说着说着，我的声音开始沙哑。

女儿没发现我情绪的变化，天真地说："明天我要把外婆请来！"我按捺住心里的激动，不解地看着女儿。

"因为妈妈把外婆的那份也吃了……外婆没蛋糕吃……"

我流泪了——我突然想起，母亲从来没吃过生日蛋糕。

成长笔记

只有父母才不会计较付出多少、得到多少，而孩子也总是在这种周全的呵护下变得麻木，"不养儿不知父母恩"，也许只有自己真正做了父母之后才能完全体会到父母的一片苦心。

细节与结论

刘　墉

有位医学院的教授，在上课的第一天对他的学生说："当医生，最要紧的是胆大心细！"说完，便将一只手指伸进桌上的一杯尿液里，再把手指放进自己的嘴中，接着便将那杯尿液递给学生。

看着每个学生都忍着呕，照样把探入尿杯的手指塞进嘴里。教授笑嘻嘻地说："不错，你们每个人都够胆大，只可惜不够心细，没有注意到我探入尿杯的是食指，放进嘴里的却是中指啊！"

有位法学院的教授，上课时说了一个故事：有三只猎狗追一只土拨鼠，土拨鼠钻进一个树洞，居然从树洞的另一边跑出了一只兔子，兔子飞快地向前跑，并爬上另一棵大树，却在树枝上没站稳，掉了下来，压晕了正仰头看的猎狗，兔子终于逃脱。

故事讲完，许多学生提出他们的疑问：

兔子为什么会爬树呢？

一只兔子怎么可能同时压晕三条猎狗呢！

"这些问题都不错，显示了故事的不合理。"教授说，"可是更重要的事情，你们却没问——土拨鼠到哪里去了？"

有位教美术史的教授，在谈到古代使用的颜料时说："将贝壳烧烤之后，磨成细粉，再以胶水调和，可以做成白色的颜料。"

接着，教授便进行考试，其中有一个是非题：

如果你在海边捡到了贝壳，带回家放进烤箱，以 500 度的高温烤上 30 分钟，再拿出来磨成细粉，以胶水调和，可以做成黑色的颜料。

结果大部分学生都没有看完这个题目，便十分自信地答"是"。

注意结论，而忽略细节，或专注细节而忽视结论。匆匆忙忙地，以自己想当然的方法去思想，却忽略了查证的工夫，这是人们常犯的错误啊！

成长笔记

　　生活中的我们常常只看重结论，认为结论才是成败的见证，殊不知"细节决定成败"，任何事都是由细节构成的，只有做好每一个细节才能保证成功，才能达到预期的目标。所以，不要为结论而奔波，做好眼前的一切，成功必将到来。

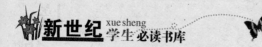

沉默是金

若 莲

那天本是一个阳光灿烂的日子。早晨一上班，我就被经理叫到他的办公室。经理满脸笑容，对我说："公司经过反复研究，慎重考虑，觉得你是接任办公室主任的最佳人选。怎么样，年轻人，有没有信心？"

我听得心花怒放。昨天晚上还在为当主任的事绞尽脑汁，今天一上班，馅饼就从天上掉下来了。说实在的，自从参加工作以来，我的表现一直都非常好，只不过，同科室的另一位同事是我强有力的竞争对手。论资历，论才干，我们俩不相上下。我和他的关系也很要好，只不过最近，准确点儿说，前任主任调离后，我和他的关系就有点儿微妙。明摆着的，谁不想升职啊。

人一高兴，舌头就特别灵活。那天的我，特别健谈，从公司的近忧到公司的远景，我是侃侃而谈，经理是听得连连点头。不知怎的，最后话题竟然聊到了那位同事身上。不知是为了迎合经理，还是别的什么，我讲起了有一次大家到酒楼吃饭，开酒瓶的开刀特别小巧有趣。同事一见便爱不释手，最后趁服务员不注意揣到了自己的裤兜里。我另外还讲了些什么，我记不清了。总而言之，那天的我觉得自己的同事是一个非常有趣的话题。

几天之后，正式任命下来了。让我大跌眼镜的是，主任并不是我，而是那位同事。经理语重心长地对我说了句："年轻人，沉默是金啊。"后来，我才明白，和我谈过话后，经理又和那位同事谈了话，委婉地提及我可能出任主任，希望他能够支持我的工作。同事对我的评价非常地中肯，也正是这一点让经理最后舍我而取他了。

成长笔记

语言是一个人的脸面，为了一时之利而口不择言，恶意中伤别人无异于暴露出自己鄙陋的一面。谦谦君子视道德为生命，"不蔽人之善，不言人之恶"，明白沉默是金的道理，这样才能一直保持高贵的品格，为世人所尊敬。

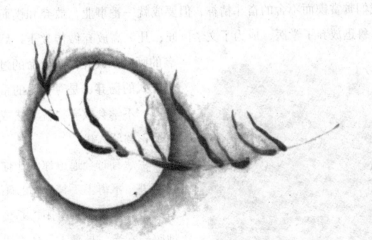

放弃是成功的第一步

刘 艺

在人生的追求中，每当遇到挫折和厄运，我们便会告诉自己坚持下去，不要放弃，终会获得成功。其实，很多时候我们应该学会放弃。

古罗马有一则寓言：有两条河流从源头出发，相约流向大海，它们穿过山涧，最后到了沙漠的边缘。它们一筹莫展，讨论着怎么办。其中一条河说："我一定要流过去，找到大海。"另一条河则说："不如回去再等机会吧，如果前进，我们可能流不出沙漠就干涸了。"结果一条河执著地前进，干涸在了沙漠里，另一条河则回到了源头，等到了良机，流向了大海。执著有些时候将导致失败，而放弃有时则会使人走向成功。

我们赞赏锲而不舍的奋斗精神，但要成就一番事业，放弃和锲而不舍并不矛盾。鲁迅放弃了学医，成为了文学巨匠；凡·高放弃做传教士，后来成了有名的画家。放弃是对生命的过滤，对追求方式的扬弃，是对自己的重新认识和发现，不学会放弃，就无法成功地跨越生命，驾驭人生。

生活有时会逼迫你，让你不得不停止前进，不得不丢掉爱情，不得不放弃梦想。苦苦地挽留夕阳，是傻了；久久地感伤春光，是蠢人。什么也不愿放弃的人，常常会失去更珍贵的东西。今天的放弃是为了明天更好地得到，不计一时得失，勇敢地放弃，是为了更大的

成功。

　　放弃是剪刀，生命之树剪除病枝赘叶后，才更显勃勃生机。拒绝放弃，只会作茧自缚，在生活的网中束缚致死。

　　放弃有痛，宛如壮士断臂，但放弃将给你一个更美丽的开端。放弃了不再爱你的恋人，你会多一个好朋友，苦苦纠缠，你就会多一个仇人；放弃屈辱留下的仇恨阴影，你的眼睛里将满是和平阳光，鸟语花香。放弃是一种明智，是一种宽容。当然，面对暂时的伤痛，放弃需要一种忍辱负重、毁誉不惊的精神，需要直面淋漓鲜血的豪迈气概，所以敢于放弃的人也是坚强的人。

　　通向成功的路不止一条，没必要一条路走到黑，头碰南墙才回头。忘掉最初的选择并不意味着背叛了自己，放弃无可挽回的事情并不说明你整个人生从此黯淡无光。放弃，是为了更好地得到，只有果断放弃，才能将该拿起的东西更好地把握。

　　记住，拿起再放下，是为了更好地把握。

成长笔记

　　有舍才有得。舍去了功名利禄，舍去累人的梦想，舍去了逝去的爱情，才能得到新的生活，才能享受到生活的快乐。人在旅途，带太多的东西上路，会令我们疲惫不堪。我们应学会放弃一些不必要的羁绊，轻装上路，从容远行。

重要的是选准方向

崔修建

在浩瀚的撒哈拉沙漠腹地有一个小村庄叫比塞尔，它紧贴着一块仅有 1.5 平方千米的绿洲。要走出这块沙漠，只需大约三昼夜的时间。为贫瘠的生活条件所迫，村民们曾一次次试图离开那里，但无论向哪个方向走，最后他们又都一次次地返回了原地。

1926 年，英国皇家科学院院士肯·莱文，带着极大的困惑来到了这里。他收起了指南针等设备，雇了一个比塞尔人，让他带路，想看看他们究竟为什么走不出沙漠。他们准备了足够用半个月的水，牵上两匹骆驼，一前一后上路了。

十天后，他们走了大约 1 287 千米的路程。第 11 天的早晨，他们面前出现了熟悉的那块绿洲，他们竟又回到了比塞尔。

此时，肯·莱文终于明白了：比塞尔人之所以走不出沙漠，是因为他们没有指南针，又不认识北斗星。

要知道，在一望无际的沙漠凭着感觉前行，一定会走出许多大小不一的圆

圈，而比塞尔人在方圆上千公里的沙漠中央，没有指南针，他们最后的足迹十有八九会是卷尺的形状——终点又变成了起点。

后来，肯·莱文教比塞尔人认识了北斗星，沿着北斗星指引的方向，只用了三天，就走出了大漠。

其实，现实中很多的成功，都像上面这个小故事喻示的那样：许多时候，仅有热情和能力是远远不够的，最重要的是要选准成功的方向。只要朝着非常明晰的方向努力，就一定会走出荒漠，找到希望的绿洲。

如是，请记住一位哲人的告诫：美好的生活从选定方向开始。

成长笔记

没有方向的指引，沙漠变成了一个圆圈，人们只能从起点走回起点，永远无法走出沙漠。人生的路也是这样，选错了方向就会让人们离成功越来越远甚至原地打转，因此想要成功，就要知道成功在何方，然后顺着正确的方向坚定地走下去。

省略阳光

马 平

一家著名的国际贸易公司高薪招聘业务人员，应征者络绎不绝。在众多的应聘者中，有一位年轻人条件最好，毕业于名牌大学，又有在市外贸公司工作三年的经验，所以他坐在主考官面前时，非常自信。

"你在外贸公司具体做什么？"主考官开始发问。

"做山野菜贸易。"

"哦，做山野菜贸易。那你说说，对业务人员来说，是产品重要，还是客户重要？"

年轻人想了想，说："客户重要。"

主考官看了看他，又问："你做山野菜贸易应该知道，山野菜中蕨菜出口主要是对日本，以前销路非常好，有多少收多少，可是最近几年，国外客商却不要了。你说说为什么？"

"因为菜不好。"

"那你说说，为什么不好？"

"嗯，"年轻人停顿了一上，"因为质量不好。"

主考官看了看他，说："我敢断定，你没有去过产地。"

年轻人看着主考官，沉默了 30 秒，没有说是，也没有说不是，却反问："你怎么能看出我没去过？"

"如果你去过，就应该知道为什么菜不好。采集蕨菜的最佳时间只有10天左右，在这期间蕨菜非常鲜嫩好吃，早了不成，晚了就老了。采好后，要摊开放在地里晾晒一天，第二天翻个过，再晾晒一天，等水分蒸发干，然后再成把捆好，装箱。等食用时放在凉水里浸泡一下就可以了。可是当地农民为了多采多卖，蕨菜采到家，不是放在地上用阳光晾晒，而是放在炕上，点火加热，这样只用两个小时就烘干了。这样加工处理的蕨菜，从外表上看哪都一样。可是食用时，不管放在水里怎么泡，都像老树根一样，又老又硬，根本咬不动。国外客商发现后，对此提出警告，一次，两次，可还是如此。结果，人家干脆封杀，再也不从我国进口了！"

年轻人听了，不好意思地低下头，"我是没有去过产地，所以也不知道你说的这些事。"

年轻人带着遗憾走出外贸公司的大楼。这位最有希望入选的年轻人最终没有被录取。这样的结局，从他离开主考官的那一刻，就已经知道了。他非常清楚：像这样著名的国际大公司，是不会录取他这样一个工作三年、整天陪客户吃饭却没有去过一次产地的业务人员的！他就像那些一心想加工速成蕨菜的农民，省略了两天的阳光，但是最终被烘干的却是自己！

成长笔记

省略了阳光的蕨菜，味道变得大不如前，人生亦是如此，既要经历孩童时的纯真，又要走过青春时的浪漫；既要领略中年时的成熟，又要欣赏老年时的沧桑。任何一段时期都是不可省略的，省略了就失去了人生的味道。

把重负变梯子

纪广洋

这是一家中外合资企业精心策划的户外培训项目。

在一处有深沟、陡渠、梯田的地势落差较大的沂蒙山区，某合资企业专门策划的户外培训正在进行。这次参训的人员不多（三男一女），而且是相互隔离，逐个单独进行的。企业发给每个参训者一大捆粗细有别、长短不一的木材（大约20公斤），他们从临时设在半山腰的培训营地出发，务必在最短的时间内，通过一道道的梯田和沟渠，把木材送到对面半山腰的指定地点。

结果，在训练结束之后的评比中，只有那位女士顺利过关——她用的时间最短，她流的汗最少，几乎没有任何创伤（三位男士皆有程度不同的跌伤或划伤）。

原来，这位瘦弱无力的女士背着那捆重重的木材走出那间帆布营房没多

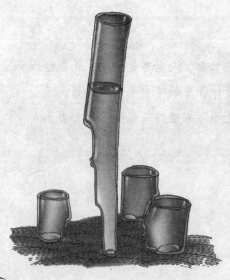

远，就急中生智，将缠绕着木材的麻绳解开，然后用石块将麻绳砸成一截一截的，再把那些长短不一的木棍儿绑扎成一架简易的梯子。这样一来，重重的木材捆就变成了一种有用的攀爬工具。原来的重负一下子发生了本质的变化，给她一种如虎添翼的快感和信心。她凭借着自己的智慧和发明，轻易又迅速地攀上攀下。通过那些高高的梯田和深深浅浅的沟渠（有些较窄的沟渠，直接架上梯子就走过去了），非常顺利地到达了指

定地点，成为以弱克强、以智取胜的又一典范。

曲折的人生之旅、坎坷的事业征程上，人们负重前行，每个人都有各自的压力和负担。具体到某种工作和劳动，更是如此，如何因事制宜、因地制宜地化压力为动力，化曲折为神奇，化坎坷为阶梯，尽可能轻松自如地超脱、进取、快速成功，成为个人和团体的企望与追求。该项培训活动以及那位聪明女士的做法，是否能给我们提供一种启发和参照呢？

成长笔记

　　沉重的压力既能让我们疲惫不堪，也能在智慧的改造下，变成帮助我们前进的工具。正如这位聪明的女士的做法，变换思路，给自己减负，从而让生活和工作轻松起来。

把布鞋送给总统

晓 洛

那一年，我随一个商贸团去南非，带了一批手工布鞋，老总让我借此打开南非这个新兴的市场。

然而一到南非，我很快就发现由于气候干燥，当地的普通百姓一般都不穿鞋。

我尝试着与几家进口商取得联系，但他们对中国布鞋的兴趣都不大，他们一致认定中国布鞋在南非没有市场。

几天下来，贸易团的成员都各有所获，唯独我一份订单都没有签到。那天在宾馆里看到曼德拉总统的新闻，我心里一动：我是不是可以送两双布鞋给总统，也许他可以帮我打开南非市场。我的这个想法让贸易团的其他成员大吃一惊，都说我这是在痴人说梦，曼德拉是何等人物，怎会收我的布鞋？但我不管这些，选了两双总统穿的尺码的布鞋，第二天一早就赶到了总统府。非洲人对中国朋友都很热情，我一到总统府，警卫就很热情地接待了我。我被允许留下布鞋和短信，我在信中说自己来自中国，送两双中国布鞋给总统，一是表达自己对总统的敬意，二是希望总统能穿着它去中国旅行。

其实，连我自己都怀疑布鞋和短信是否真能交到曼德拉总统的手中。然而就在第三天，曼德拉总统的秘书竟然找到宾馆，交给我一封有曼德拉总统亲笔签名的感谢信，感谢我送给他两双舒适的中国布鞋，他很喜欢。

听说总统喜欢我的中国布鞋，南非的一家进口商很爽快地和我签了一份合同，数量不大，就 1 000 双，根本无利润可言。

但回国后不久，我竟然被总裁委以重任，派往美国的办事处。这可是个让人眼红的职位，而我到公司工作还不到两年，许多人对此很不理解。总裁当时是这样回答那些心存不满的人的：既然他能把布鞋送给曼德托总统，那他也可以把布鞋送给美国总统。

这是我的一个朋友的亲身经历，他现在是那家贸易公司驻美国的首席代表。前些日子他从美国回来，对其年纪轻轻就身居要职，我很是好奇，请他谈谈成功的经验，他淡淡地一笑，只是说了这个他刚参加工作时的故事。

朋友的故事让我明白：把布鞋送给总统，把不可能的变成可能，这需要勇气，也需要智慧。一个人的成功也许会有许多的偶然性，但一个充满自信勇于去尝试的人，他的成功是迟早的。因为成功总是青睐有勇气的人。

成长笔记

　　1 000 年前，人们不相信钢铁制造的船可以在水面上航行；100 年前，人们不相信人类能登陆月球；但是如今这些都实现了。所以说，世界上没有做不到的事情，只是人缺少尝试的勇气，从而在成功面前停滞不前。

扶起小树也扶起自己

雨晶

20 世纪 50 年代，美国有一家名不见经传的小企业，为了能与一家规模较大的贸易公司合作，该企业的老板约翰逊一次又一次地游说那家贸易公司，但始终没有结果。

一天中午，约翰逊再一次遭到拒绝，郁闷至极。当他走出那家公司时，刚刚还是风雨交加的天空已变得阳光灿烂，约翰逊发现有一棵小柳树被狂风刮倒

在地，于是走过去，小心翼翼地把它扶了起来。他正想离开，却又停了下来，心想，小树立根未稳，如果一会儿再来风，还会被吹倒。想到这里，他从自己的车上找来一根绳子，缠在小树上，而后又把绳子的两端分别拴在另外两棵粗壮的树上，这才放心地离开。

他的这一举动让坐在办公室里的总裁看得一清二楚。正是这个小小的举动，打动了睿智的总裁，约翰逊幸运地得到了与这家贸易公司合作的机会。

在签订合同时，总裁说："知道吗，你让我感动的并不仅仅是因为你扶起了小树，还因为你为小树无条件地奉献出了一根绳索。在别人需要帮助时，如果一个人能在别人不知情的情况下，毫不

犹豫地牺牲自己的利益，哪怕牺牲的只是一点点儿，也是难能可贵的。我没有理由不与这样的人合作，这样的人也没有理由不获得成功。"后来，约翰逊当初作坊式的小工厂很快就发展成了一家著名的服装企业，产品行销世界各地。

很多时候，我们看似在帮助别人做事情，得到的结果却常常是帮助了自己。

成长笔记

帮助每一个需要帮助的人，爱护所有需要爱护的生命，让爱心随着春风，在人与人之间传递温暖，你让世界充满幸福，世界也会千百倍地回报你——赠人玫瑰，手有余香。

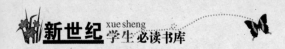
每一个人都很重要

朱成玉

在德国一所社区小学的开学日上，神父带领大家唱歌后，走下讲台坐上跷跷板，请一个孩子坐在另一头，他没能把神父翘起来；再来一个孩子，也没有用；又来了第三个，神父坐的那一头终于翘起来了。全场响起了热烈的掌声。神父神情严肃地说："每一个孩子都是重要的，因为有了他，一切都不一样了。"

每个人都很重要。一个个念珠串起来是一串念珠，散了，它们就只是一个个孤独的祷告，微弱得无法让神听到。

上帝让我们降生，便会给每个人一份职责。有些人是花，有些人是叶了；

有些人是藤，有些人是蔓；有些人是茶，有些人是酒；有些人是玉，有些人是石头；有些人是瀑布，有些人是小溪。

有些人注定是传奇，有些人注定是平淡庸常；有些人注定大红大紫，有些人注定默默无闻；有些人注定声名显赫，有些人注定门可罗雀，无人问津。

但每个人都很重要。你可以卑微，可以渺小，可缺少了你一样不可以。

你是标点，在一大堆趾高气扬的文字里面渺小而自卑，但你的作用举足轻重！你可以帮助它们呼吸，调节它们的语气，或让它们一气呵成，或让它们抑扬顿挫。

你是音符，蝌蚪一般微弱地呼吸，但你却在音乐家的指尖上舞蹈。你是无形的，别人看不到你，但只要你和众多的姐妹一起，就会编织出美妙的曲子，让世界惊艳！

你是一根孤单的毛线，但人可以将你编织成毛衣或者围巾，旖旎出无限柔情，为人在冬天里御寒。

你是一个寂寞的脚印，但另一些不同的脚印会不停地与你的脚印重叠，踩出一条通往幸福的路。

你卑微，但依然可以去做高尚的事。你可以用你的宽容，去熄灭一些愤怒的火；你可以用一个简单的善举，来点燃那颗麻木的心；你可以翻开一本《圣经》，为孩子们敞开一扇爱的窗口，让他们梦想着做一个到处去帮助别人的天使。

每个人都很重要，诞生便有它的理由。

从诞生的那一刻起，你便开始分享世界的每一缕阳光，感恩世界的每一滴雨露，也必然要承担起装扮世界的责任：你是一棵树，众多的"你"便长

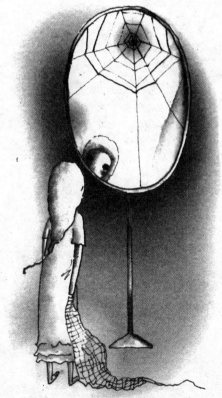

成了森林；你是一颗星，众多的"你"便聚成了星河；你是一块砖，众多的"你"便砌成了楼宇；你是一朵花，众多的"你"便开成了成花园；你是一滴水，众多的"你"便汇成了海洋……

"每个人都很重要，每个人都有属于他自己的位置……"上帝望着尘世每个角落里的人，如释重负地说，疲惫的脸上露出欣慰的笑。

成长笔记

也许你的收入微薄，碌碌一生，在别人眼中，你只是一个普通人，但是对于你的家人来说，你仍然很重要，在他们眼中，你是父亲、是丈夫、是儿子、是兄弟……你就是全世界。

挂在墙上的美丽龟壳

英 涛

有段时间，我被某杂志聘任为特约记者，我采访了很多成功人士，回忆一幕幕场景，让我印象最深的是那位 36 岁的工艺品厂厂长。听他说完了他的创业艰辛历程，知道他曾有几起几落的不平常经历，我问他："是什么给予了你在每次的逆境中坚持前行的信念？"

他低头沉思一会儿，然后轻轻转动他的老板椅，微笑着让我看他身后雪白的墙壁上挂着的一个美丽的龟壳标本，缓缓地给我讲这个龟壳的来历：

7 年前，在第一次创办企业失败后，已经倾家荡产的他每天总是失魂落魄，不能正视现状，常常以酒解忧，喝得酩酊大醉。看他这样一蹶不振，新婚不久的妻子心疼不已，就带他四处散心。

一天，妻子带他到一个同学家玩。妻子的同学是位雕塑家。在雕塑家的书房里，他看到一个美丽的龟壳，头部和尾部都有着翡翠一样晶莹的绿色，在绿壳上有着深咖啡色的花纹。整个龟壳的形状像半个篮球，有着优美的弧线。

见他注意到这个龟壳，雕塑家说，这原来是一只生机勃勃的巴西龟的外壳。当年他到巴西旅行时看到这只漂亮的乌龟马上就喜欢上了，于是他用重金买下了这只乌龟。可是这只乌龟太大了，足有 30 公斤，不能随身携带，他想尽办法，通过了层层复杂的手续才把它装进货柜经海路托运回国。

巴西的货轮行驶了三个月才到中

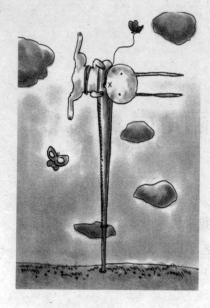

国，雕塑家说，他当时以为乌龟可能早死了，如果死了，就做成标本。谁知道打开货箱的时候，这只乌龟还睁着炯炯有神的眼睛。

但是让雕塑家没想到的是，这只乌龟在平安经历了三个月的行程后，却在他某次远行时死了。那次是他到另一个城市去指导安装他做的几组雕塑，要离开七八天，怕没人喂乌龟，临走时他放了熟透的香蕉给乌龟做食物。可是等他回来时，发现乌龟死了。原来它一口气吃完了一大串香蕉，把自己撑死了。于是他就把龟壳留着作纪念。

听完了龟壳的来历，他不由深深感慨：在极度饥寒中还能顽强生存的乌龟，却在温暖舒适的雕塑家的家里因为吃得太饱而死亡。看来，在三餐饱暖中节制自己比在危困中忍耐还要难，太安乐容易使人产生惰性，失去奋斗的理想。而危机困境并不完全是坏事，处在艰苦境地中，反而更能挑战人生的极限，激起人迎难而上的勇气啊！

后来，他就成了这只美丽龟壳的主人，他把龟壳挂在墙壁上，时时鞭策自己，不管面对什么样的忧患，都不要丧失斗志。经过不懈努力，他终于走出困境，再次成就了自己的辉煌事业。这只龟壳，便是他追求成功人生的图腾。

成长笔记

生命的途中不可能一路阳光，风雨总会无情地袭来。因此，人不能奢求坦途、安于平淡，这样只会让你丧失斗志。勇敢地在泥泞中前行，满怀希望，你便会呼吸到更清新的空气，拥有人生中最绚丽的彩虹。

一锭银子的威力

常　超

　　大愚寺有个小和尚诚心悟道，寒来暑往，日子流水般匆匆逝去，小和尚很快就把佛经诵读了一遍，觉得耳聪目明，慧根已生。

　　一天，寺院的方丈突然宣布要从寺中挑选一位有慧心的接班人。小和尚得到这个消息后读佛诵经更加努力，每晚秉烛夜读，鸡鸣方休。匆匆半年过去，小和尚觉得自己的道行不进反退，原来的那颗慧心也变得虚无缥缈。他觉得很奇怪，就把自己的困惑告诉了方丈。方丈没有直接替他解惑，而是低吟了一声佛号，微笑着对他说："明天你同为师一起到山下的小镇上去找老汉买些甜瓜，我要拿它作解暑的药引。"

　　第二天，方丈带着小和尚来到王老汉的瓜摊前，挑了几个香喷喷的大甜瓜。只见王老汉用手托着甜瓜，眯着眼睛一口就报出了斤两："一共二斤六两。""什么？"小和尚感到很惊讶，用难以置信的眼光看着王老汉。老汉捋了捋胡须，笑呵呵地说："我卖了十几年的瓜，从来没有估错过。要是不相信，旁边有杆秤自己称称看。"小和尚不服气地把瓜放到秤上，神了，正好二斤六两。

　　这时，一直默不作声的方丈走上前去，随手指着一个甜瓜说："施主如果你估这个瓜重量准确的话，我把这锭银子送给你。"说完，方丈掏出一锭白花花的银子，足足有二两重。旁边卖瓜的

一看这边出了稀奇事，都围了上来，一个劲儿地嚷着让老汉答应。二两银子够买一担瓜，而且得来全不费工夫，王老汉当然答应了。他连忙屏住呼吸，小心翼翼地托起甜瓜。谁知这次他却没有马上报出斤两，过了好一会儿，众人纷纷催他，只见他一咬牙，红着脸报出数目："一斤三两。"方丈让小和尚过秤，小和尚傻了眼，居然是一斤五两，整整少了二两，众人都为老汉感到惋惜。

回到寺院，小和尚不解地问方丈原因。方丈叹了一口气说："只是一锭银子，他就被眼前的利益所干扰，失去了平常的心态和对事物执著的判断，发挥不出正常的水平。"小和尚顿时大悟。从此以后，他静心修行，十年后终成正果，后来成为大愚寺赫赫有名的一心方丈。

成长笔记

我们不能像佛祖一样大彻大悟，也无法做到像智者一样举重若轻，但是只要内心的贪欲少一点，那么就会有江上的清风拂去心头的尘埃，也会有头顶的明月照亮人生的道路。

月亮的女儿

　　每天，当最后一缕阳光隐没到山坡背后，6岁的小女孩芭丽·费特纳就会走出自己的房间，来到户外。她看着群星出现月亮升起，便在月光中光着脚丫欢快地跳着、舞着。

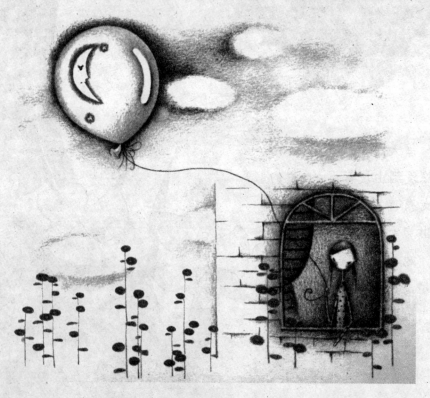

一支钢笔的幸福

朱成玉

女儿放学回来，忧心忡忡地跟我说，她们班级里一个品学兼优的学生赵雪可能要辍学了。

"哎，她学习比我好多了，人也好，我们都很喜欢她，怎么会这样!"女儿不停地叹着气，为她感到惋惜。

女儿对我说，赵雪的父母两年前就离了婚，她跟着父亲过。父亲下岗在家，又染上赌瘾，把家底输空了，还欠下一屁股债，整天喝得醉醺醺的，喝多

了就哭天抹泪，满世界地去忏悔。她说
下学期的学费还没有着落，她说她不想
念书了，她要出去打工替父亲还赌债。

"但愿她能打消那个念头。"女儿
喃喃低语，作为最要好的朋友，她希望
赵雪的明天能够柳暗花明。

事与愿违。第二天，女儿担忧的事
情果然出现了。

赵雪没来上学，托人捎了纸条给老
师，说："老师，对不起！辜负了您的
期望，没能在您的关爱里开花。"老师
有些哽咽，她不想看到一朵花的凋零。

作为女儿最要好的朋友，赵雪在那
个傍晚来到我家，和女儿告别。看着她
哭得红肿的眼睛，女儿一时无措，不知道该怎样安慰。

她把她的钢笔送给了女儿，强挤着笑脸开玩笑说："这是一支可怜的钢笔，
跟着我连墨水都不能灌满，总是饿着肚子。就让它跟着你吧，跟着你，钢笔也
幸福了。"

钢笔的幸福，大概就是不让它饿着，不停地为它灌满墨水，让它写出干干
净净的字来吧。

女儿怔怔地愣在那里，她忘不掉那个哭泣着跑掉的背影。

女儿把那支钢笔握在手里，感觉沉甸甸的。她打开作业本，准备用它来做
作业，才知道它的肚子被涮得干干净净。她挤了一下，有干净的水珠滴落下
来，洇了洁白的纸，仿佛是泪水。

女儿赶紧把它吸满墨水，她只想用浓墨重彩来掩藏它的眼泪。

女儿收藏起那支钢笔，她想赵雪总有一天会重新回到教室里来，她要把它
还给她。

女儿开始了她的"救援计划"。她先是发动所有的同学一起帮赵雪"打
工"，说是打工，不外乎就是帮父母做些家务，在家长那里讨些零钱。积少成

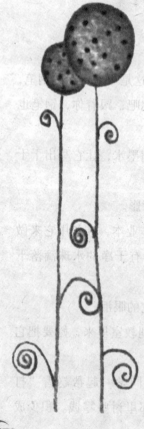

多，同学们很快凑齐了赵雪下学期的学费。紧接着，女儿带着同学们找到了赵雪的家，像一帮小干部慰问群众似的，和老赵大谈利害关系，老赵支支吾吾地表示，保证让赵雪回到学校去。

老师也没闲着，帮赵雪的父亲找了一份工作，替他交了风险抵押金。

"你可要好好干啊，不然我的押金就拿不回来了。"老师说。"嗯嗯嗯。"老赵搓着手，激动得不知所措，只是一个劲儿地躬身道谢。

轮到我们了。这种事，女儿是断然不会放过我这个"慈善家"的。果然，她今天变得格外乖巧，把家里收拾得井井有条，还破天荒地为我和她妈妈煲了粥。太阳打西边出来了吧！我早就看穿了她这点小把戏，就等着她接着表演呢。

"爸爸，你说赵雪怎么样？"

"什么怎么样，挺好的孩子啊。"

"我是说，人家没少帮助我，每次有不会的题什么的，都是她来教我。"

"嗯，是啊。"我打着哈哈，故意不上她的套。

"可是她现在有难处了，咱能不能……"

我接了个电话，借故走掉了。看着她的窘态，心里窃笑。

夜里，我和妻子商量着怎样资助那个孩子。

"总不能眼看着那么出色的孩子就那样耽误了，"妻子说，"不如我们每个月拿出100块钱，为那个孩子建个小基金吧。自私点说，那孩子将来肯定错不了，咱也能得到回报呢！"精明的妻子想得还挺远，管她呢，先解决了眼前的事情再说。

我们把这个喜讯告诉了女儿，女儿高兴得眼里含满了泪水。她喃喃地说："我还以为你们不肯帮她呢。"

"钢笔饿了，就得给它灌墨水啊！"我们和女儿会意地笑了起来。

赵雪终于回到了课堂。开家长会的时候，赵雪的父亲红着脸，当着全班师生和所有家长的面郑重地承诺，无论如何，也不会再让孩子辍学了。接着又开始了他声泪俱下的忏悔，只是这一次，他没有喝酒。

女儿把灌满了墨水的钢笔还给了赵雪，悄悄告诉她，她的钢笔不会再饿了，她的钢笔一定会很幸福、很幸福。

成长笔记

一支钢笔的幸福，就是灌上满满的墨水；一个孩子的幸福，就是去帮助别人，或者被很多人帮助。文中孩子们纯洁的心灵给这个物质的社会增添了美好的色彩，他们学会了帮助他人，我们也都应该学会。

举手投足之间

苏小蝉

他被评上服务标兵，就因为一个动作——温柔地一伸手。

雨天泥泞，雪天路滑，他都会习惯性地扶住那些莽撞调皮的孩子，挽住行动不便的盲人和那些上了年纪的老人。

十几年如一日。

他是市中心繁华路段的交警，也是这座城市市民的楷模。记者采访他时，他在电视镜头前拘谨地笑着说："是因为那床厚厚的报纸被子吧。"

高三那年，他迷上了打游戏。恨铁不成钢的母亲一怒之下拿鸡毛掸子打了

他，于是他负气离家出走。在火车上颠簸着过了几站，他随着熙攘的人流下车，却发现兜里的钱不翼而飞了。天色已晚，寒气渐重，他颓丧地坐在候车室里，看人流如烟雾渐渐散尽。他想自己怕是要在这冰冷的候车室里蜷缩一夜了。

他先是来回地走着，后来蜷在冰凉的椅子上，无法抵挡的寒冷从脚底向上升腾，最后传遍他的全身。他怀念一床温暖的被子，一件厚实的大衣，哪怕就是一块破旧的毯子也好。

就在他浑身酸麻、手脚冰凉、睡得迷迷糊糊之际，看到的他感到一阵轻柔地覆盖。他一激灵爬起来，看到的是一

张陌生女人干皱的脸。他身上盖着她的一件灰旧的外套，还有一层厚厚的报纸，从胸口一直到脚。她是白天在车站卖报纸的老妈妈。

她和善地笑着，"睡吧，孩子。我的儿子如果活着，也像你这么大了。"

他了解到，为了寻找走散的儿子，她辞掉了工作，在火车站卖报纸，已经十多年了。

后半夜，他睡得很香。清晨，老妈妈为他泡了一碗热面，给他买了车票，送他上了车。

一路上，他脑子里全是老妈妈那张沧桑而又和善的脸：如果我儿子活着，也像你这么大了；如果他在外面睡着了，希望也有人为他盖件衣裳，哪怕是几张报纸。

回到家，妈妈正在联系电视台发寻人启事，一见他就哭了。嘴硬的他没说半句软话，却从此努力起来，再也没有碰过游戏机。后来，他考取了交通学校。

那次采访时他在电视上说："我妈妈老了，反应也慢了，我希望她上街的时候有人也能搀扶她一下。我做的只不过是用父母的心去顾念每一个孩子，用孩子的心去感念全天下的父母……"

电视机前，无数母亲的眼睛湿润了。

爱很简单，就在带给别人温暖的举手投足之间。

成长笔记

爱是无私的奉献，它可以是一个手势、一个眼神、一个动作。所谓大爱并不需要轰轰烈烈，其实爱只是在举手投足之间带给别人的温暖与感动。

两种母爱

朱慧彬

我很小的时候出过一次车祸，成了瘸子。我的伤势渐渐好转后，父亲为我准备了一副木拐杖让我上学。残留在我身体与心灵上的后遗症，令我怕极了脚落地时钻心的疼痛。因此我拒绝下床和见人，任凭父亲如何责骂。

母亲没有骂我，她知道我最爱听故事，家里没钱买书，她便借来一本被撕得只剩下几页的小人书。母亲不会讲故事，只是照着书上一字字地念给我听："老鹰爱把窝巢筑在树梢或是悬崖峭壁上。母鹰先衔一些荆棘放在底层，再叼来些尖锐的小石子铺放在荆棘上面。接着又衔了些枯草、羽毛或兽皮之类的盖在小石子上，就做成了一个孵蛋的窝……小雏鹰慢慢长大，羽毛渐渐丰满。这

时，母鹰认为，该是小鹰学会独立的时候了。母鹰开始搅动窝巢，让巢上的枯草羽毛一根根地掉落，最后露出尖锐的小石子和荆棘。小鹰躺在小石子和荆棘上，身体被扎得疼痛难忍，嗷嗷直叫。可是母鹰不但不理会，还很无情地用翅膀加以驱逐、挥赶，小鹰只好忍着痛，离巢飞走。"

这是怎样一种母爱呢？母亲一直没有告诉我答案，因为那本残缺不全的小人书根本没有下文。我一直不能理解母鹰的残忍，就像不理解为什么父母亲要逼着我去上学一样。

我终于上学了，因为母亲一次次把我无情地扔在去往学校的路上，无论我怎么哭喊。

11年后，我考取了省城里的大学。

大学毕业后没几年，我结婚了，接着女儿出生了，我和妻也做了父母。妻子很疼女儿，几乎对女儿百依百顺，怕女儿受半点儿委屈。女儿上幼儿园期间，妻子早上送，晚上接，风里来，雨里去。这些年，女儿都是在妻子的背上度过的，至今女儿都不认识从学校回家的路。

前两天，5岁的女儿一直嚷着要我陪她去买小人书，我答应了她。可是她却一直要我抱着，一步路都不肯走。结果我从家里一直把她抱到书市，转了两次车，穿了三条街。小人书没买到，倒买回一本国外的漫画书。回到家，女儿就猴急地吵嚷着要我给她讲漫画故事。我翻开漫画书，突然被一组题为《鸡妈妈和它永远孵不出来的宝宝》的漫画吸引住了。那是一个叫芒果的美国小女孩画的。不知道小芒果怎么会想到要画这么一幅画。

画中一只性急的鸡妈妈在孵小鸡，为了让它将要出生的鸡宝宝有足够多的小虫子吃，它预先捉了好多小虫子在旁边放着。可是孵了好些天后，鸡宝宝还没从蛋壳里出来。鸡妈妈等不及了，就把蛋壳啄破，把虫子塞进蛋壳里去喂鸡宝宝。

我看着看着，心里非常震撼。我把漫画的情节讲给妻子听。妻子说，不会的，鸡里面是不会有这样傻的鸡妈妈的。我也是这么认为，当然也不会去追究其漫画有多大的真实性，因为那毕竟是一个小女孩的作品，也许她只是把从生活中对人的观察碰巧拷贝到了鸡妈妈的头上，有意无意间，表达了一种母爱。

可是那又是一种什么样的母爱呢？

我忽然想起小时候母亲给我讲的老鹰的故事。我明白了这世界上有两种母爱：一种是母鹰式的爱，一种是鸡妈妈式的爱。

母鹰用看似残忍无情的爱逼着小鹰离开舒适的家，勇敢地学习独立，最终使小鹰成了翱翔于蓝天的雄鹰，多像老一辈的我的母亲；而鸡妈妈却用啄破蛋壳的方式强行表达自己的爱，强迫别人接受自己的爱，就像年轻一辈的我的妻子。而这两种爱的结果是可想而知的。

成长笔记

"两种母爱"，让我们想到很多：孩子始终要成长，要独立面对生活中的种种问题，就像一只小鹰，总有一天会飞向属于它的那片天空。一味地宠爱只会让孩子的自立能力减弱。教会孩子独立、坚强、乐观地面对生活，才是母爱最好的表达方式。

爱的故事

安妮·尼尔森

一个失去了双亲的小女孩与奶奶相依为命，住在楼上的一间卧室里。一天夜里，房子起火，奶奶在抢救孙女时被火烧死了。大火迅速蔓延，一楼已是一片火海。

邻居已呼叫过火警，无可奈何地站在外面观望，火焰封住了所有的进出口。小女孩出现在楼上的一处窗口，哭叫着救命，人群中散布着消息：消防队员正在扑救另一场火灾，要晚几分钟才能赶来。

突然，一个男人扛着梯子出现了，梯子架到墙上，人钻进火海之中。他再次出现时，手里抱着小女孩，然后把孩子递给了下面迎接的人群，男人却消失在夜色之中。

调查发现，这孩子在世上已经没有亲人了，几周后，镇政府召开群众会议，商议谁来收养这孩子。

一位教师愿意收养这孩子，说她保证让孩子受到良好的教育。一个农夫也想收养这孩子，他说孩子在农场会生活得更加健康惬意。其他人也纷纷发言，论说把孩子交给他们抚养的种种好处。

最后，本镇最富有的居民站起来说话了："你们提到的所有好处，我都能给她，并且能给她金钱和金钱能够买到的一切东西。"自始至终，小女孩一直沉默不语，眼睛望着地板。

"还有人要发言吗？"会议主持人问道。这时一个男人从大厅的后面走上前来，他步履缓慢，似乎在忍受着痛苦。他径直来到小女孩的面前，朝她张开了双臂。人群一片哗然，他的手上和胳膊上布满了可怕的伤疤。

孩子叫出声来："这就是救我的那个人！"她一下子蹦起来，双手死命地抱住了男人的脖子，就像她遭难的那天夜里一样。她把脸埋进他的怀里，抽泣了一会儿，然后抬起头，朝他笑了。

"现在休会。"会议主持人宣布……

成长笔记

这是一则让人忍不住落泪的故事。真正的爱不光用语言表达，它更体现在行动上，不论是孩子还是老人，需要的是真爱。真爱无言，于心深处。

那年的萝卜席

钟池惠

那是 20 世纪 80 年代的一个冬天，那个冬天来得特迟，也来得特冷。

期末考试一完，同学们迫不及待地往家里赶。回到家里，紧张的心一下子轻松下来。由于考得不是很理想，我闷闷地在家待了两天，娘说："到同学家走走吧，你们有话说，说说话心情就顺畅些。"

娘说着话，就把我那件洗得发白的中山装从箱底翻了出来，我穿上就找同学去了。那年，我们村也就四个读高三的同学，李家湾的海子是我最要好的。我一到海子家，海子就把其余两位同学邀了过来。海子爸是村长，家境是我们四个同学中最好的。海子娘好客，大鱼大肉的弄了一桌款待我们。吃饱喝足了，我们围着火塘海侃了一通。夜深人静，我睡在海子家暖和宽大的床上怎么也睡不着，我脑海里尽是娘佝偻的身影和她那苍苍的白发。想着娘的辛苦和自己不尽如人意的期末成绩，我的眼泪禁不住流了下来。明天回家，帮娘打柴去，我在心里对自己说。

第二天一大早，我执意要回家，几个同学轮流劝说，最终还是没做通我的工作。海子说："难得一起轻松，你要走，那大伙就一齐上你家去。"

我没有任何理由拒绝，大伙就哄的一声往我家跑。来同学了，娘自然高兴，笑呵呵地忙进忙出。我知道我给娘出难题了，一贫如洗的家里，拿什么招

待同学呢？趁同学不在身旁的当儿，我悄悄问娘。娘脸上有些难色，只是一瞬间。娘说："你去陪同学烤火，娘有办法的。"我知道，娘为了送我上学，想了不少办法，可今天，娘一会儿还能想出什么办法呢？

寒冬的太阳一下山，村子就没有了那份温暖。聊了一下午，同学们似乎也累了。娘不让我插手做饭，陀螺似的忙了一下午，掌灯时分，终于弄好了晚饭。娘在灶房喊："池惠，带同学来吃饭。"我惴惴不安地带着同学来到了灶房。走近饭桌，海子大叫起来："呵呵，池惠，看你妈烧的鱼肉好诱人，我最喜欢吃了。"我低头一看，桌子中央是一大盘韭菜煎鸡蛋，旁边是一盘盘的什么，我一时也判断不准：黄灿灿的丁子块，那是红烧肉？淋着辣椒酱的长条块，是红烧鱼？还有那雪白的凉拌丝，一盘腌菜、一大钵炖汤……我莫名地看着娘，娘用手理了理苍白的鬓发，笑了笑，对大伙说："来，尝尝伯母的手艺。"我和同学纷纷伸出了筷子。一样菜到口中，我打了个激灵，又一样菜到口中，我又打了一个激灵，当我尝遍整个桌上的菜，才知道除了那盘煎蛋，其余的全是萝卜做的：红烧萝卜、清炖萝卜、萝卜条、萝卜片、萝卜丝、干萝卜、鲜萝卜、腌萝卜……

席间，没有一个同学说"萝卜"两个字。

昏黄的灯光下，我眼前一片模糊，唯有娘那和善的笑容在我眼前闪现……

成长笔记

为了能招待好儿子的同学，母亲真是费尽心思呀。满桌的萝卜变幻出来的菜里，全是母亲对儿子的爱怜和呵护。品尝的是菜，在心中回味的却是那份浓浓亲情。

太太，你很有钱吗

马瑞·杜兰

他们蜷缩在风门里面——两个衣着破烂的孩子。

"有旧报纸吗，太太？"

我正在忙活着，我本想说没有——可是我看到了他们的脚。他们穿着凉鞋，上面沾满了雪水。"进来，我给你们喝杯热可可奶。"他们没有答话，他们那湿透的凉鞋在炉边留下了痕迹。

我给他们端来可可奶、吐司面包和果酱，为的是让他们抵御外面的风寒。之后，我又返回厨房，接着做我的家庭预算……

我觉得前面屋里很静，便向里面看了一眼。

那个女孩把空了的杯子拿在手上，看着它。那男孩用很平淡的语气问："太太……你很有钱吗？"

"我有钱吗？上帝，不！"我看着我寒酸的外衣说。

那个女孩把杯子放进盘子里，小心翼翼地说："您的杯子和盘子很配套。"她的声音带着嘶哑，带着并不是从胃中传来的饥饿感。

然后他们就走了，带着他们用以御寒的旧报纸。他们没有说一句"谢谢"。

他们不需要说，他们已经做了比说"谢谢"还要多的事情，蓝色瓷杯和瓷盘虽然是俭朴的，但它们很配套。我捡出土豆并拌上肉汁：土豆和棕色的肉

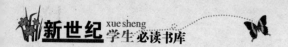
汁，有一间屋住，我丈夫有一份稳定的工作——这些事情都很配套。

我把椅子移回炉边，打扫着卧室。那小凉鞋踩的泥印子依然留在炉边，我让它们留在那里。我希望它们在那里，以免我忘了我是多么富有。

成长笔记

有一间温暖的小屋，有一个爱自己且有一份稳定工作的丈夫，一日三餐虽简单却可口，拥有这些东西，你就已经很富有了。知足常乐，学会感恩，才能看见生活的美。

免费的东G西

蔡雨玲

刚毕业的半年，开始还为可以不必仰父母的鼻息而感到新鲜，但很快，日复一日枯燥琐碎的工作，以及经济的压力就使我产生了厌倦。我有些沮丧，并且对未来感到迷惘：难道16年的寒窗苦读，迫不及待地想融入社会，就是为了过这样的生活？我写信向母亲抱怨：

"我觉得自己整天为钱奔波，看上去似乎是金钱在维持生活的运转。它让我觉得疲惫、紧张，而且不快乐。天哪，你们是怎样度过这几十年来受它奴役的日子的，反正我快熬不下去了。"

我在信末把"财政赤字"列了清单，以证明我并不是挥霍无度的孩子。

每月计：房租（与人合租）300元、伙食300元、水果100元、衣服与化妆品200元、健康保险500元、交往人情200元、电话费和上网费200元、远足及公园门票100元。

收入 1 700 百元 - 支出 1 900 元 = -200 元

母亲很快就回信了，只有一张纸。

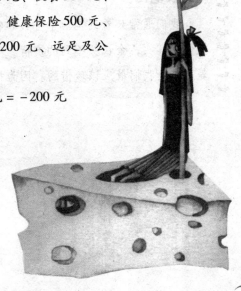

孩子，我相信你并没有乱花钱，可是你需要它们，这对你产生了压力。但何必沮丧呢？在产生负数时，你并未只打电话回家要钱，你用业余写作的稿费来补贴自己，自食其力，你处理得很棒。我和你父亲为你骄傲，你已经长大了。还有，孩子，金钱并不是维持生活运转的全部。最好的东西也不是只有金钱才能得到，换一种心态，你会发现快乐就在琐事中。"

她也随附了一张清单给我。

"关于房租，一个友好的舍友给你增长的见识和帮助，免费的！

"关于伙食，自己动手烹调可以节省大量开支，而带来的成就感，免费的！

"关于水果，买水果路上可以欣赏街头美景，与人们交流生活经验，免费的！

"关于保险，为自己健康投资养成的消费好习惯，免费的！

"关于远足，公园门票有些贵，但你可以早点起床锻炼身体，跑步，呼吸新鲜空气，幸运的话可以看见日出，这样壮丽的景色，免费的！

"打电话，如果你有什么烦恼，打电话回家吧，要知道，我和你爸永远都关心你，支持你，我们对你的爱，也是免费的。"

成长笔记

我们通常只看到生活中金钱和物质的流失，甚至为其扼腕顿足以示惋惜。其实，金钱买不到的友情、经验、好习惯、好身体与父母的爱等等，才是我们最应该珍惜的。因为拥有它们，便拥有了人生的乐趣！

8 公里

李雪峰

在非洲的一个原始丛林里，有一个著名的土著部落，他们拒绝汽车，拒绝电，拒绝服饰，拒绝一切现代文明。他们狩猎，刀耕火种，住草棚和山洞，依旧过着古朴原始的生活。

近年来，世界各地的许多游览者都慕名来到距那个部落不远的一个小城里，渴望能到那个部落去耳闻目睹一下那里的风光和生活，但从这个小城到那个部落，没有公路，不通汽车，要去，只有靠两条腿去一步一步丈量着跋涉。

在那个小城的启程点上，每一个旅行者问起小城距那个部落有多远时，人们便会友好地告诉他说："哦，不远，只有8公里。"8公里不论对哪一位旅行者来说，都不是太远的路程，于是人们便高高兴兴地出发了，他们沿着一条草径穿过一片一片的丛林，在他们走得又累又渴时，便会看见第一个用树皮搭建的路边小店，于是，便会有人走上去问站主说："请问，这里距那个部落还有多远？"

"哦，不太远了，可能还有不到6公里远。"店主笑笑回答说。于是旅行者

们便又高高兴兴地上路了，但他们走啊走啊，又走得人困马乏时，还是没有看到那个部落的影子。于是，在他们濒临失望的时候，又马上会看到一个路边小店，有人便会又问店主说："请问，这里距离那个部落还有多远呢？"

店主笑眯眯地说："已经不远了，再坚持走一会儿你们就可以走到了。"于是，旅行者立刻又高高兴兴地往前赶去。

在经过几个这样的丛林路边小店后，旅行者们最终赶到了那个部落里，但很多来此旅行的人都很疑惑，不是说只有 8 公里的路吗，怎么走起来竟需要大半天？

其实，他们走的远不止 8 公里，那个部落距离小城最起码有 80 公里远。直到返程时，路边小店的人才会微笑着告诉他们说："其实，你们最少已走了 80 公里远。"

旅行者们立刻大吃一惊：80 公里？这太不可思议了。他们觉得根本没有那么远，80 公里，想想都叫人发怵。平常，很多人连 16 公里都走不了，怎么又能够跋涉 80 公里远呢？所以，他们宁肯相信：小城距那个部落的路程，最多只有 8 公里。

其实，小城和那个部落的距离最少有 80 公里远。如果你诚实地告诉每一

个旅行者："这里距那个部落至少有 80 公里远。"那么，或许有很多旅行者会立刻却步的；但你告诉他们只有短短的 8 公里时，他们肯定是没有一个望而却步的，毕竟 8 公里对于一个旅行者来说，并不是一段令人望而生畏的距离。

一个 70 多岁的法国旅行者在得知自己确实一步一步走了 80 公里时，他对自己的双腿顿时大为惊讶，他说："路边小店要不说只有五英里，以为越来越近的话，我是不可能走完 80 公里路的，80 公里，对于我来说，

简直是个奇迹。"

也许是的，平淡和奇迹的道路也许是同一条路，奇迹者成功的最大秘密是：在崎岖而漫长的道路上，他幸运地得到了一次又一次的鼓励。

鼓励，是使平淡的废铁成为韧钢的好炼炉！

成长笔记

人的潜力是无穷的，很多时候，一件看似困难的事，由于我们的"不可能"思维会变得更加困难。如果有人适时地加以鼓励，相信会有很多奇迹出现。

吊在井桶里的苹果

紫色梅子

有一句话讲，女儿是父亲前世的情人。说的是做女儿的，特别亲父亲，而做父亲的，特别疼女儿。那讲的应该是女儿家小时候的事。

我小时，也亲父亲。不但亲，还瞎崇拜。把父亲当举世无双的英雄一样崇拜着。那个时候的口头禅是"我爸怎样怎样"。因拥有了那个爸，一下子就很了不得似的。

母亲还曾嫉妒过我对父亲的那种亲。一日，下雨，一家人坐着，父亲在修整二胡，母亲在纳鞋底。于是闲聊到我长大后的事。母亲问，长大了有钱了买

好东西给谁吃？我几乎不假思索脱口而出："给爸吃。"母亲又问："那妈妈呢？"我指着在一旁玩的小弟弟对母亲说："让他给你买去。"哪知小弟弟是跟着我走的，也嚷着说要买给爸吃。母亲的脸就挂不住了，继而竟抹起泪来，说白养了我这个女儿。父亲在一边讪笑，说孩子懂啥，语气里却透着说不出的得意。

待得我真的长大了，却与父亲疏远了。每次回家，跟母亲有唠不完的家长里短，一些私密的话，也只愿跟母亲说。而跟父亲，却是三言两语就冷了场。他不善于表达，我亦不耐烦去问他什么。什么事情，问问母亲就可以了。

也有礼物带回，都是买给母亲的，衣服或者吃的，却少有父亲的。感觉上，父亲是不要装扮的，永远的一身灰色的或白色的衬衫、蓝色的裤子。偶尔有那么一次；我的学校里开运动会，每个老师发一件白色 T 恤。因我极少穿 T 恤，就挑一件男式的，本想给爱人穿的，但爱人嫌大，也不喜欢那质地。回母亲家时，我就随手把它塞进包里面，带给父亲。

我永远忘不了父亲接衣时的惊喜，那是猝然间遭遇的意外啊。他脸上先是惊愕，而后拿着衣的手开始颤抖，不知怎样摆弄了才好，傻笑半天才平静下来，问："怎么想到给爸买衣裳的？"

原来父亲一直是落寞的啊，我们却忽略他太久太久。

这之后，父亲的话明显多起来，乐呵呵的，穿着我带给他的那件 T 恤。三天两头打电话给我，闲闲地说些话，然后好像是不经意地说一句："有空多回家看看啊。"

暑假到来时，又接到父亲的电话，父亲在电话里很兴奋地说："家里的苹果树结很多苹果了，你最喜欢吃苹果的，回家吃吧，保你吃个够。"我当时正接了一批杂志的稿在手上写，心不在焉地说："好啊，有空我会回去的。"

父亲"哦"一声，兴奋的语调立即低了下去，是失望了。父亲说："那，记得早点回来啊。"我"嗯啊"地答应着，把电话挂了。

一晃近半个月过去了，我完全忘了答应父亲回家的事。一日深夜，姐姐突然来电话。聊两句，姐姐问："爸说你回家的，怎么一直没回来？"我问："有什么事吗？"姐姐说："也没什么事，就是爸一直在等你回家吃苹果呢。"我在电话里就笑了，我说："爸也真是的，街上不是有苹果卖吗？"姐姐说："那不一样，爸特地挑了几十个大苹果，留给你，怕坏掉，就用井桶吊着，天天放井里面给凉着呢。"

心被什么猛地撞击了一下，只重复说"爸也真是的"，就再也说不出其他话来，井桶里吊着的何止是苹果？那是一个老父亲对女儿沉甸甸的爱啊。

成长笔记

淡淡的生活琐事，描写了女儿对父亲感情的一系列变化：从亲到疏远到最后的醒悟。其间显现的是父亲对女儿浓浓的爱意。而女儿对父爱的忽视与之后的顿悟，让我们的心情也豁然开朗。

特殊的电话号码

[美国] 朗科纽克鲁格　沈 湘　译

　　我家是一个单亲家庭，听隔壁的多莉太太说，我的母亲生下我不久便去世了，而父亲对于我母亲的事总是只字不提。在我的印象中，父亲是一个很冷漠的人，他从不跟我多说话，却在生活与学习上对我的要求很严格。

　　父亲有一家公司，在我们这个小镇上算是一个富有的人，但我的零花钱从来没有我的同学多。这还不算，他每天开车去公司时，都会经过我们学校，可

是无论我怎样央求，他从来不肯让我搭他的便车，我总是坐公共汽车或者地铁去上学。为此，我在心里很瞧不起父亲，有时甚至恨得咬牙切齿。我将母亲的病逝全部怪罪在了父亲的头上，母亲肯定是受不了父亲的虐待而死的。而父亲一直单身，则是因为没有哪个女人受得了他的脾气！

18岁的我就要离开美国去新西兰求学了。这是我第一次离家去一个那么远的地方，也是第一次离开父亲这么远，但我对父亲却没有多少留恋，甚至很多次我都希望早点离开他，离开这个令人窒息的家。临行前，我将所有在新西兰求学的同学们的电话号码都调了出来，存在手机里，但我还觉得不保险，因为手机有可能丢失。我又将所有的电话号码全都记在笔记本上，可是我又担心笔记本也不保险，如果笔记本也丢失了，我一个人在人生地疏的新西兰该如何是好？最后，我终于想出了一个办法，那就是将电话号码都记在新买的皮鞋里、帽子里、风衣里，这样我如果遗失了其中一样东西，还可以在其他东西那里找到我需要的电话号码。

在机场，父亲破例为我送行。在我的记忆里，父亲还从没送我去过什么地方，就是去学校报到，也是我独自去的。所以对于父亲送行时的沉默无语，我已习以为常，就连旁边的几对父母流着眼泪来送他们的子女的场面，也没对我的情绪产生影响。也许正是因为我从小养成的独立习惯，我也懂得出门只能靠自己，其他任何事情都可以疏忽，但同学们的电话号码是不能丢的。

到达新西兰之后，我就急急忙忙地翻起了电话本，首先是手机，可是手机里第一个跳出来的竟然是一个陌生的电话号码，再细看时，号码后面竟是父亲的名字。我这才想起，我居然从来没有给父亲打过电话，甚至连他的电话号码都不认识。显然，父亲曾动过我的手机。我又打开笔记本，在笔记本的第一页醒目地写着父亲的电话号码，是父亲的笔迹！我急不可待地又翻出了其他的东西，皮鞋、帽子、风衣，我一一地将它们翻了个底朝天。凡是我写过电话号码的地方，父亲都在第一行加上了他的电话号码！一向粗心而专横的父亲竟然有如此细腻的心思，他是让我在外面遇到困难第一个要想到他！

我在学校里安顿好后，习惯性地上网收取同学们的信件，我收到的第一封邮件居然也是父亲的：

> 弗朗科，我的孩子，你现在终于长大了，我等这一天可是等了18年啊。你的母亲因为难产而死，我答应过她要将你抚养成人的，看到今天的你这样自立、自信，我真的很高兴。我想，你的母亲在天堂里也会为你而高兴的。但是，当我看到你的电话本上没有记下我的电话号码时，我惊呆了，一个孩子在外遇到了困难，首先要找的应该是他的父亲才对，可是你没有。我想，是不是我对你的教育方式有问题。我是不是对你太严格了？孩子，我要告诉你的是，不管怎样，爸爸都是爱你的……

我压抑了18年的眼泪一下子夺眶而出。

成长笔记

父母永远是孩子避风的港湾，在外面遇到挫折，受了委屈，首先想到的就是亲人。他们永远在远方等待着、守望着并随时准备给孩子以帮助和鼓励。

心 窗

尤天晨

母亲为儿子整理衣服时，发现儿子的衬衣袖口，也就是他握鼠标的那只手的袖口，纽扣松动了。

她决定给儿子钉一下，要不然，就掉了。

儿子很年轻，却已是一名声誉日隆的作家。天赋和勤奋成就了他的今天。母亲因此而骄傲，骄傲的时候就想，她是作家的母亲！

屋子里很静，只有儿子敲击键盘的滴滴答答声，为他行云流水的文字伴奏。儿子在对着电脑写作。他的思绪在既定的故事情节中恣肆飞扬，如醉如痴。母亲能从儿子的神态上看出，他正文思泉涌。所以，她在抽屉里找针线

时，不敢弄出一点儿声响，唯恐打扰了儿子。还好，母亲发现了一个线管，针就插在线管上。她把它们取出来，轻轻推好抽屉，吁了一口气。其实儿子从未说过她妨碍他写作，不过，她得会换位思考。

可她遇到了麻烦——当年的绣花女连针也穿不上了。一个月前还穿针引线缝被子，现在明明看见针孔在那儿，就是穿不进去。

她不相信视力下降得这么厉害，再次把线头伸进嘴里润湿，再次用左手的食指和拇指把它捻得又尖又细，再次尽

手臂之长让眼睛与针的距离最远，再次……再试一次。

——还是失败。

再试……

连续不断。

儿子在对文章进行后期排版，他从显示屏上看见反射过来的母亲的样子，突然怔住了。他忽然觉得自己就是那根缝衣针，虽然与母亲朝夕相处，可他的心却被没完没了的文章堵死了。母爱的丝线在他这里已找不到进出的"孔"，可还是不甘放弃。

儿子的眼睛湿了。分明是他在母亲心中的形象已经模糊了啊。他这才想起许久不曾和母亲交流过思想，更别说照料她的衣食起居。

"妈，我来帮你。"儿子离开电脑，只一刹那，丝线穿引而过。母亲笑纹如花，用心为儿子钉起纽扣来，像在缝合一个美丽的梦。

儿子知道今后该怎么做了。因为，母亲很容易满足，比如只是帮她穿一根针，实现她为你钉一颗纽扣的愿望，使她付出的爱畅通无阻，如此简单！

有时，母亲像个迷路的孩子，而使她找不到家门的，常常是我们这些儿女的粗心大意。

成长笔记

母亲无私地奉献出她的爱，那爱源源不断、绵绵不绝，似春风，似朝阳，而她所渴盼的回报，只是儿女们的一个拥抱或者一声问候，拥有这些，她就知足了。

我的妈妈从来不笑

含笑花

女儿的学校发来一张通知，说邀请妈妈们参加座谈会，听听孩子们怎么评价自己的妈妈，这倒是一个新鲜的话题。于是，那天晚上我带着女儿兴致勃勃地去了。

由于这是一间女校，从校长到校工都是清一色的女性。那些孩子一个接一个地上台演讲，内容大致是妈妈平时如何关心我，帮助我的学业，料理我的日常生活等等，最后大多数孩子都会说："有这样的妈妈，我太幸福了。"千篇一律的演讲辞，已令我不耐烦了，有些妈妈也频频看表，大家都心不在焉起来。

这时，走上台的是一位五年级的学生，她鞠了一躬，开口便说："我的妈妈从来不笑。"

"哗"，台下一片哄笑，我心想：该是这位妈妈平时管教得太严厉，女儿上来揭短了。"她对我的事从来不闻不问。"这时，台下的骚动平静下来，大家等着听下文。

"我一星期只能见到她一次，可她从来不跟我打招呼。"

台下又是一阵轻微的骚动。

"因为她是个植物人。在我5岁那年，我的妈妈遇上了车祸，从此躺在床上，没有看过我一眼。我叫她，她不会答应我；

我亲她，她不会报以微笑；我大声地读出自己优异的成绩，她也毫无反应。我不敢相信，这就是曾经陪我玩滑梯、捉迷藏、晚上搂着我讲故事的妈妈。"

台下已有人悄悄掏出纸巾。

"我要上学，所以不能每天都去医院，只能在星期天跟爸爸一起去，可爸爸却每天都去，他为妈妈按摩，为她擦身子，还把我在学校的事情讲给她听。自从妈妈住进医院后，我和爸爸相依为命，以前妈妈做的事，现在全由爸爸来做，爸爸做的菜虽然没有妈妈做得好吃，但是已经很有进步了。"

台下开始有了零星的笑声，听得出，都是啜泣后的笑声。

"前几天，我从电视上看到美国的植物人被拔插管的消息，我害怕极了。我问爸爸，妈妈会不会死？爸爸说，妈妈不会。妈妈其实知道我们爱她，她什么都知道。"

"妈妈，你知道吗？我和爸爸等着你回家。"

台下的妈妈们都开始抽泣起来。

"爸爸，请你明天告诉妈妈，今天我在这里当着所有人说我爱她。"

我们每个人透过泪水模糊的双眼，找到了坐在最后一排的男士。他已经双眼通红，报以羞怯的微笑。

台下响起了热烈的掌声。

成长笔记

尽管妈妈从来不笑，对女儿不管不问，但从她的心跳和呼吸中，女儿知道，妈妈一直在关心着她。尽管妈妈成了植物人，但从女儿的讲述中，我们能感受到这一家人浓浓的亲情。只要有爱，他们就是幸福的。

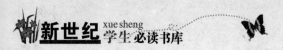
我的爸爸不是伟人

塞尔西奥·西奈

我的爸爸不是伟人，但他煮的咖啡是最香的，每天上学前，他都为我和弟弟煮咖啡，制作美味的早餐。

我的爸爸不是伟人，但他在我的房间里摆满了书，让我从小就养成了爱读书的习惯。

我的爸爸不是伟人，但他最喜欢听我讲笑话。我只要一开口讲，他的脸上就流露出孩子般的笑容。

我的爸爸不是伟人，但只要妈妈一声召唤，他就成了厨房最好的帮手，干活是那样仔细认真。

我的爸爸不是伟人，但他的书法是那样苍劲有力，美丽流畅。看他写文章简直是一种享受。

我的爸爸不是伟人，但他以实际行动教育我男儿有泪不轻弹，虽然他有时也由于过分激动和痛苦而落泪。

我的爸爸不是伟人，但对我关爱有加，经常用温暖的手抚摸我，用柔软和湿润的嘴唇亲吻我。

我的爸爸不是伟人，但总是前往俱乐部看我打篮球，尽管他对此项运动一窍不通。我刻苦训练，用进步博得他的欢心。

我的爸爸不是伟人，尽管他不会骑自行车，但在我学习骑车时他一直在后边扶着，在我学会掌握平衡之前从不松手。

我的爸爸不是伟人，但在向别人介绍"这是我的儿子"的时候，脸上充满了自豪。

我的爸爸不是伟人，但在我童年时谁都没有像他那样耐心地给我讲故事，只要我愿意听，他都会满足我的要求。

我的爸爸不是伟人，但这并不重要！我的爸爸是个小人物，但他是一个诚实的人，是一个充满爱心的人——总之，是个好人！

成长笔记

父亲虽不是伟人，但他给予的爱却是伟大的。不用惊天动地，只要品味生活细节，就会深深体会到无处不在的爱。有时平凡人平凡的感动，才是最深入人心，最震撼世界的。

饥来吃饭倦时眠

张海静

常常想起好多年前的那个下午。

我和朋友正说着心事。忽然她问我:"假如现在一切愿望都可以实现,你说你最想过的生活是什么样子?"我愣了一下,"什么样子?我没想过。"

我想了一会儿说:"说真的,我渴望我能有一座别墅,有宽敞的客厅,有落地的长窗。我可以穿着睡衣站在玻璃窗前,看院子里的游泳池,看花园里美丽的树。"

此后的好多年,我恋爱、结婚、生子,一切都似乎是理所应当的。闲坐时,我会想起那个午后的愿望。我想,我当初的想法已经有所改变。

随着年龄的增长,幸福于我已变得越来越细微、越来越具体了。就好比现在居住的这所不大的房子,非常简朴,但很舒适。当我一个人静静地坐在沙发上,听着音乐在房间里流淌时;当我一通电话打向远方,与父母兄妹互相叮嘱、互道思念时,我都感到无比的快乐与幸福。

记得曾读过一个佛家故事:有源禅师问大珠慧海禅师:"和尚修道,还用功否?"大珠道:"用功。"

"如何用功？"

"饥来吃饭倦时眠。"

"一切人总如同禅师用功否？"

"不同。"

"何故不同？"

"他吃饭时不肯吃饭，百种需索；睡时不肯睡，千般计较，所以不同也。"

可见，好好地吃饭，好好地睡觉，就是最大的幸福，最深远的修行。一个人的幸福与否，根本不在于他拥有什么、占有多少，而在于他能否找到内心的安顿与超越的感觉。

成长笔记

"好好地吃饭，好好地睡觉"，这看似简单的生活恰恰是现代人难以企及的奢望。美好的愿望往往与现实有着差距，而有些人往往因执著于差距而生活在烦扰与痛苦中，与其这样，不如放下心中的杂念与贪欲，让平淡真实的日子在身边缓缓流淌成一条幸福的河。

继父节

贝丝·莫莉

每当母亲节或父亲节的时候，都会使我想到我们国家还缺少一个节日——继父节。

如果任何一个人都应该有自己的节日，那么继父节应该是那些用他们的爱心和谨慎，在一个重建的家庭里建立起自己位置的勇敢心灵的节日。这就是我们家里为什么会有一个我们称之为"鲍伯的节日"的原因。这是我们自己的继父节的版本，是根据继父鲍伯的名字命名的。下面是我们的继父节的由来。

那时，鲍伯刚刚进入我们的家庭。

"你知道，如果你做了伤害我母亲的事情，我会让你住进医院。"正在上大学的男孩说，他比他的继父魁梧得多。

"我会记住的。"鲍伯说。

"你不要告诉我我该怎么做。"正在上中学的男孩说，"你不是我的父亲。"

"我会记住的。"鲍伯说。

正在上大学的男孩打电话回家，他的汽车在离家72公里的地方抛锚了。

"我马上就到。"鲍伯说。

老师打电话到家里，正在上中学的男孩在学校打架了。

"我立刻就去。"鲍伯说。

"噢，我需要一条领带与这件衬衫相配。"正在上大学的男孩说。

"从我的衣柜里挑一条吧。"鲍伯说。

"你必须穿个耳眼。"正在上中学的男孩说。

"我会考虑的。"鲍伯说。

"你认为我昨天晚上的约会怎么样？"正在上大学的男孩问。

"我的意见对你有什么影响吗？"鲍伯问。

"是的。"男孩说。

"我必须跟你谈谈。"正在上中学的男孩说。

"我必须跟你谈谈。"鲍伯说。

"我们应该有一段继父和继子之间的共同经历。"正在上大学的男孩说。

"做什么？"鲍伯问。

"给我的汽车加油。"男孩说。

"我知道了。"鲍伯说。

"我们应该有一段继父和继子之间的共同经历。"正在上中学的男孩说。

"做什么？"鲍伯问。

"开车送我去看电影。"男孩说。

"我知道了。"鲍伯说。

"如果你喝了酒，不要开车，打电话给我。"鲍伯说。

"谢谢！"正在上大学的男孩说。

"如果你喝了酒，不要开车，打电话给我。"正在上大学的男孩说。

"谢谢！"鲍伯说。

"我必须什么时候回家?"正在上中学的男孩问。

"11 点半。"鲍伯说。

"好的。"男孩说。

"不要做任何伤害他的事情。"正在上大学的男孩对我说,"我们需要他。"

"我会记住的。"我说。

这就是我们的"鲍伯节"的由来。男孩子们为他们的继父买了一件他们能够一起玩的新玩具。鲍伯能够赢得孩子们的尊重对我们全家人来说都是一件值得庆幸的事,他似乎一直都在我们背后支持着我们。

成长笔记

　　人可以接受并包容很多,包括感情,真心地对待他人,无私地奉献爱,即使没有血缘关系也会有亲情,只要父爱在心间涌动,就是温馨的一家人。

完美上司

王佳佳

在吊扇公司做地区销售经理的我被提升为公司副总经理时，真有些受宠若惊。

上任第一天，我就下定决心，要做一个自己梦寐以求的、同事愿意与之共事的上司：公正、耐心、善解人意。我的办公室门将随时向下属开放。他们将会知道我是永远站在他们这边的。

但是，上任几个月后，工作让我投入大部分精力，压力越来越大，我常常夜以继日地加班。于是，我发现自己的心情不自觉地变得烦躁。特别是当看见开会有人晚到几分钟，或午餐时间过长时，我便按捺不住要发火。当有人到我面前来反映个人遇到的麻烦，或提出预支工资一类的问题时，我便烦恼不堪。我嫌办公区的背景音乐太吵，不自觉地关紧了办公室的门；我找了借口不再与秘书共进午餐；也不再和保管室的工友分享零食。总而言之，我变成了自己原来最不喜欢的那类上司的翻版。

一天下午，我花了两个小时与一位远在芝加哥的供货商通电话，讨论本应该按时到达的那批吊扇的延误问题，这一批货目前在市场上已经脱销，我们正翘首企盼到货。

刚放下电话，正当我焦头烂额之际，秘书进来了，提醒我说，她今天已经请了假，想早一点儿回家处理一些个人的私事。我终于忍不住了，命令马上召开一个全体人员参加的紧急会议。

"我不是你们的妈妈，"我用自己都感到吃惊的冷冰冰的口气说道，"我也不是你们的银行家，或你们的心理咨询师。我是你们的上司。当你们来到这里的时候，你们应该把自己所有的私人问题都扔在门外。我希望你们都能准时到达办公室，在工作做完后，人才离开。就这些，我没有更多的话要说了。"我回到办公室，砰的一声关上了门。我坐在办公室里，望着面前的墙发呆。天哪，我这是怎么了？我就坐在那里一个人闷了很久。

这时，电话机上的信号灯亮了，提示有电话要接进来。秘书在内部电话里告诉我，这又是那位远在芝加哥的供货商打来的。她接着说："现在是5点半，如果你不再需要我的话……"

她并没有提前离开，推迟了下班时间，没有按时下班，我没有意识到已经这么晚了。每个人都离开了办公室，没有相互道别。"好的，你可以走了。"我对秘书说，"谢谢你。"

我拿起了电话。供货商告诉我，通过核实，那一批货确实已经到了这里，只是由于他们工作人员的疏忽，把它发到下面的零售店，而没有送到我们的总库房。他不好意思地在电话里连连道歉，并感谢我允许他曾经在先前的电话里发泄不满的情绪。

我放下电话，心想，他感谢我允许他在电话里发牢骚，我也应该像他一样感谢我的下属。

那天晚上，我对作为一个上司意味着什么的问题想了很久。我的下属到我面前来，是来寻求指导、建议和同情的，有时，不过只是想向我倾诉，我只要能够倾听他们的谈话就可以了。我不久前不是还极力想做到这些吗？

第二天早上，因为想先把事情理顺，我比往常早到。这天刚好是我的生日，我可不愿让坏情绪把这一天糟蹋了。使我惊异的是，当我的车驶进停车场的时候，那里的车已经快停满了。我拿上包，快步向办公室走去。所有的灯都已经打开，所有的雇员全集中在大厅里，微笑着向我打招呼。"请您跟我来。"秘书对我说。她领着我到了会议室，同事们跟在后面。圆形会议桌上放着一个巨大的人工信封，上面写着"老板收"。我打开信封，里面是我从没有看见过的一张卡片："祝你生日快乐！你的追星族赠。"画面上是一个吊扇，在每一个扇叶上都贴着同事们的照片，旁边是他们写下的生日贺词。看着这张精心设计制作的贺卡，我被深深地感动了，眼泪不由自主地滚落下来。

"这是一张世界上最漂亮的生日卡。"我激动地向同事们说。会议室里马上响起了愉快的交谈声。

工作开始以后，我便挨个儿到一间间办公室去，亲自向同事们就头一天的事一一道歉。完美的老板应该是愿意承认错误，并能放下面子向同事寻求宽恕，同时也以宽厚之心对待下属的老板。这才应是我自己衷心向往并努力而为的事。

成长笔记

当我们承受着过重的生活压力时，可能会产生焦虑浮躁的情绪。那时我们应该多提醒自己，发脾气是解决不了问题的，"宽以待人，严于律己"，才能让每个人都在愉悦的氛围中工作，自己的身心也会舒畅。

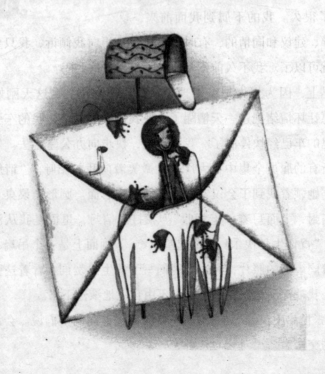

母亲的谜语

张恭文子

又想起了母亲说的那个谜：一只毛毛虫怎样才能通过没有桥的河流？

临窗的小桌前，我坐定了很久，外面的阳光正昏昏欲睡的模样，薄暮的光里，有种不安的骚动。18 岁的我第一次面临着人生的抉择，又以一分之差未能及第，那一刻，很有些怀疑命运的不公。

一杯冰水已经变得温热。渐渐的，一份执拗的坚决占据了我的心，我还要再试一次，第三年。那晚，我把自己的决定告诉给母亲。母亲久久地望着我，一语不发。我想，她必是洞察一切了。

18 岁，是人生最多梦的一段。就为了那个高高大大的男生兴高采烈地拿到了省城某大学的录取通知书，我一而再、再而三地考学。那是多么寂寞的一年，我关紧我的小窗，把一个缤纷的世界掩在外面，母亲亲手绘制的图表挂满了一面墙，我的习题纸也已经用去了厚厚的一沓，在那一年，没有四季，没有音乐，我将愿望埋在心底最深的地方，只是一味地读书、读书。

7 月 9 日，高考的最后一天。我从考场中走出来，天正下着雨。蒙蒙雨雾里，我望见母亲正撑着一把小伞

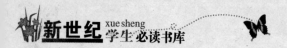

在校园门口的老树下等着我。我走过去问母亲："还记得那个谜语？"

"一只毛毛虫怎样才能通过没有桥的河流？"母亲轻声地问我。

"妈，告诉我。"我仿佛回到了小时候。

"长成蝴蝶。"

夏日的小雨，滴滴点点滴滴，轻轻重重轻轻，敲打着小伞。我的眼眶里是湿热的泪。

一年后，当我在校园里见到那位高高大大的男生以及他臂弯里的女孩子，才知道曾经在心里的愿望是多么的荒唐。然而，无论怎样，我还是常常怀着一种感恩的心情珍惜生命里的那段经历，那时候，它们就是一些动人的诱惑，在频频向我招手，引我如此执拗地想过河。

成长笔记

　　生命并不是残酷无情的，当你沉浸在悲痛或失败中时，它会把希望与奋斗给予你，让你振奋，从而挣脱命运的束缚。试着去努力，从困难中成长，你就能从容面对人生的风霜，到达理想的晴天。

给心一朵莲花或者一片祥云

罗 西

在欧洲，一小镇很久没有下雨了，庄稼枯萎，民众束手无策，牧师把大家召集起来，准备在教堂里开一个祈求降雨的祷告会。来者云集，大家都脸色凝重，步履沉重。其中有一个小女孩，因个子太小，几乎没有人看得到她。

就在这时候，牧师注意到小女孩所带来的一样东西，于是，他激动地在台上指着她说："那位小妹妹很让我感动！"大家顺着他手指的方向看了过去，很

是疑惑，牧师接着说："我们今天来祷告祈求上帝降雨，可是整个会堂中，只有她一个人带着雨伞!"果然，她的座位旁挂了一把红色的小雨伞；这时大家沉静了一下，恍然大悟，紧接而来的，是一阵振奋的掌声，有人还笑着拭泪……

这个女孩有颗真挚虔诚的心。虔诚，比相信更坚定、神圣、深远而且感人。

议朝的李广将军，晚上看见一猛虎，一箭射过去，早上一看，原来是一块酷似老虎的石头，"箭没入石中"，拔不出来。后来知道是石头后，他再试着多次射箭，但是都没有一支能穿过石头，因为信心已经打了折扣，不再是"深信"，那么射出的箭就不再那么有穿透力了。

没有了相信，箭难穿石；没有虔诚，则没有真正的欣慰与安心。虔诚比相信高远。

我们常常做事有决心却没有信心，是因为对愿望的不自信，对目标的不肯定；因为"想太多"而复杂、负重。相反，心灵一尘不染的人，更纯粹，往往也更有力量。"虔诚"一词出自阿拉伯语"EKHLAS"，有纯洁、清除之意。心怀虔诚的人，内心清澈而坚定。拥有虔诚，即可让心灵远离浮尘、烦乱、犹

豫、失望与灰暗。

我家附近，有个开放的金鸡山公园，里面有座道家的"宫"，每逢农历初一、十五，就涌来大批香客。公园里，有条盘山水泥路，总有人在跑步锻炼，有些香客不愿意徒步上"宫"，喜欢沿着水泥路开车进来，带来废气与安全隐患，关键是他们缺失虔诚的心，只有功利私心，没有崇高与敬仰。其实，公园门口，就辟有一条捷径专门通到"宫"里的，但是开车的香客宁愿舍近求远也要把车直接开到神灵面前，我觉得是不敬，烧再长的香也没有用。不虔诚，就没有绝对寄托，就没有真正放下，所谓修行，其实就是给心一朵莲花或者一片祥云，就是放心。有些人放下了，因为虔诚；有些没有放下，因为浮沉摇摆。

虔诚，是神圣的信心，其实也是崇高的真心。常怀虔诚，会让平凡的你我，脱离低俗、烦扰，接近崇高与安宁。

成长笔记

给心一朵莲花或者一片祥云，让纯净圣洁的莲花开放在清澈如镜的心灵湖畔，让悠闲自若的祥云飘荡在虔诚坚定的心灵天空。

月亮的女儿

［美国］凯西·弗莉

　　每天，当最后一缕阳光隐没到山坡背后，6 岁的小女孩芭丽·费特纳就会走出自己的房间，来到户外。她看着群星出现，月亮升起，便在月光中光着脚丫欢快地跳着、舞着。

　　"当月亮出现时，我就安全了。"她一边说，一边旋转起舞。芭丽不知道太阳照在脸上那种暖融融的感觉。和其他小孩不同，她是"月亮的孩子"。芭丽出生 3 个月后，腿上、胳膊上和脸上开始出现雀斑，9 个月大时被发现是 XP 病患者。"XP"是着色性干皮病的缩写，一种罕见的遗传病，100 万人中只发生一例。该病患者被太阳光损伤的皮肤不能自己修复，被任何紫外光照射（包括从窗户照进来的非直射光和荧光灯），都可能导致严重后果，XP 患者得皮肤癌的几率是普通人的 1 000 倍。此病目前还无法治愈。

这是残酷的疾病，患者大部分时间要生活在与太阳光隔绝的空间里。有些病人最终可能会失明、毁容或者神经退化，最终导致大脑反应迟缓。

芭丽的父母从没想象过在黑暗中抚养小孩会是怎样的情形。为了不出危险，白天窗户的光都要遮住，芭丽被绝对禁止在日光下活动，哪怕只是一会儿。当家人打开门和邻居说话或是出去取信件时都特别注意，以防太阳光照射到芭丽。

家人用防紫外线的特殊塑料材料换下了窗纸；调整了作息时间，将睡觉时间延后，以便芭丽在黑暗中活动的时间更长些。

当芭丽 18 个月大时，父亲打听到弗吉尼亚有一个地方用美国宇航局设计的材料生产从头到脚防阳光的制服，但一套制服价格高达 2 000 美元。芭丽的父亲是餐馆的招待，母亲没工作。家里为芭丽看病已经花了很多钱，实在没钱买防护服。朋友们和好心的陌生人都来帮助他们，通过义卖和捐款筹到了 5 000 美元，足够买两套防护服，众人齐心协力要把些许阳光带进芭丽的生活。

刚开始，芭丽很不喜欢穿这样的外套，特别是在夏天，犹他州的温度有时高达四十多摄氏度，穿那样的衣服太闷热。

"这像个睡袋。"芭丽钻进了防护服里，因为她要去好朋友坎布拉·迪斯摩家玩。在妈妈帮她调整了头罩和眼镜后，她飞奔出门，穿过耀眼火热的正午阳光，钻进坎布拉家的后门，迅速脱下了套装。

费特纳家周围的许多邻居都调整了自家的窗户以便芭丽能过来玩。为了芭丽的安全，芭丽就读的华盛顿小学和芭丽常要去的教堂的每扇窗户都经过调整。

2002年秋天，社区筹款为芭丽建了个室内的儿童游乐场。游乐场就在费特纳家旁搭建，里面有秋千架、小游泳池，天花板上画着蓝天白云。这项工程先后有一百五十多个人义务参与其中。"我不能想象如果一个小孩不能奔跑，不能尽情地荡秋千会是什么情形。"艾德·布莱威，一个提供了建筑材料和工人的建筑承包商说，"这都是人生中的一些小乐趣。"现在芭丽能在自己的天空下荡秋千。费特纳一家甚至找到了办法度假——在天黑之后旅行，并在芭丽进房间前在酒店的窗户上贴上黑色的塑料片。他们已经玩过了迪斯尼乐园，父亲还梦想有一天能带着女儿飞到巴黎尽情享受那的美丽之夜。

在温暖晴朗的散发着植物芬芳气息的傍晚，芭丽·费特纳问道："天足够黑了吗？"在得到妈妈允许后，她兴奋地打开大门冲到新鲜的空气中，爬到后院的蹦床上，在星空下跳跃，辫子飞扬，芭丽越跳越高，越来越接近月亮了。

成长笔记

凡·高说："爱之花盛开的地方，生命之花便能欣欣向荣。"如果世界上充满了爱，那世界就会遍布光明与温暖，即使遭遇困难，我们也仍然可以相信生活，期待幸福。

父亲的生活态度

王虹莲

我一直不太理解父亲。

我觉得他是和这个社会格格不入的人。

父亲是个老知青，他没有回北京，留在了这个小城。小城里有他心爱的女人，然后有了我和弟弟。后来他考取了大学，但他仍旧回来了，在一个化工厂当技术员，一个无线电爱好者，一个电脑爱好者，一个音乐发烧友，一个天文发烧友，一个气功爱好者，一个足球迷，一个金庸迷……

我不知道人可以有多少经历，但他喜欢的东西都能玩到极致。他喜欢无线电，可以自己制作电视机和收音机，并且和全国各地的网友都有联系；他喜欢电脑，已 60 岁的年纪还能自己设计软件，很多电脑知识我还要请教他；他喜欢音乐，在古典音乐中陶醉，并且拉一手好二胡，弹一手好古筝。有时我回家，看到他正在听一种叫埙的乐器演奏的乐曲，一边听一边写毛笔字，他的毛笔字，得过全国的大奖。

当然，什么时候有彗星飞过地球时，他总是给我打电话。那时我正为生活奔波着，或者和客户谈着合同，或者在酒店里吃饭……总之，我觉得自己干的都是正事，谁像他那样活着啊，养着

十几只猫，每天要去早市买鱼，因为那里的鱼比较便宜。有办婚事丧事的人扔出鱼肠子，他和妈就去捡。有一次让我同事看到了，他们说，你爸和你妈捡破烂呢。真弄得我哭笑不得。

当然，我一次也没有看到彗星，因为我没有那个心情，没有那个心境。况且，我总是累得早早地睡去，怎么可能半夜起来看彗星？他的器材很先进，招了一帮年轻人在那里看彗星。我对妈说，我爸爸当年肯定非常浪漫，这把年纪还有这种心情，真让人佩服！我妈说，当年，我看中的就是你爸爸这种生活态度，有一颗单纯的心，永远微笑着面对生活。

每次我回家，父亲都会让我坐在他的电脑前看他拍的猫和花，他用数码相机认真地记录着那些猫的生活，其中有一张叫"这只猫三个月了还在吃奶"，笑得我肚皮疼。他的每只猫都有名字，每张照片都有题目，每朵花也都有名字。父亲说，那都是他的孩子。

最初我真的很反感父亲的这种生活态度。和他一起出来的人早就当了处级干部，他却还是一个普通的老百姓，种花、养猫、看星星、看足球、玩电脑，他的世界总有不同的精彩在上演。我曾抱怨他说，如果你是个处级干部，我和弟弟一定会有一个特别好的工作。但父亲从来不这样认为，他说，指望父母的孩子不会有多大出息，就像总在父母身边的鸟永远也飞不高一样！

后来验证了他的话是正确的，我自己成了外企的白领，弟弟成了有名的工程师，而那些官宦子女在机构精简之后却有好多人待业在家，他们果真没有飞太高。

有一段时间我被派往美国工作，到美国后我发现到处是我父亲这样的人。他们悠闲地过着日子，没有多少钱，但过着自己想要的生活。我问他们为什么要这样，他们说，人们挣了钱想做什么？无非是想过自己想要的生活，但现在我们能过这种生活，为什么要把自己弄得像陀螺一样旋转呢？

父亲每天给我发邮件，开始我总是嫌烦，无非是他养的猫和兰花，那些猫又生了很多小猫，父亲把这些录了下来传给了我，他说，非常美妙。而那春天初开的兰花我开始并没有觉得美妙，当我渐渐沉下心来之后，我发现那些兰花芬芳迷人，我发现父亲发来的猫的照片生动可爱，甚至我开始想给他们一个个起名字。

能把生活活出一朵叫做美妙的花来，这是一种多么快乐的心境！父亲60岁了，他从20多岁就这么活着，过简单的日子，要美妙的生活，闻闻风中的花香，看看小猫咪的可爱，读读金庸小说的侠气，望一下神秘的星空，弹一曲高山流水，和老友下下围棋，和自己的爱人牵手去捡鱼肠子。这样的生活，是父亲的生活，那曾经是我觉得不求上进的生活，但现在我认为，那是一种最美丽的生活。

生活的上品，往往是不着痕迹，然后把自己融入自然。

成长笔记

物质文明的高度发达，金钱名利的炫目诱人，已使越来越多的人在忙碌的生活中迷失了重心。他们或许再也无心情无心境去享受生活的快乐，去感受生活的美妙。其实，懂得享受，才懂得生活。用单纯的心微笑着面对生活，你也会看到美好。

看见世界的时候

闫 岩

他生下来就是个盲人，父母开始还抱着能治好的希望，把他留了下来。可是当他们听医生说，治好他这双眼睛起码要花 5 万元钱而且还没有把握时，父母彻底绝望了。他们是农民，5 万元钱可不是说着玩的。后来，他们又生了个健康的儿子，于是他被丢在了一个陌生城市的火车站。

那时他才 6 岁，又是冬天，母亲把最厚的棉衣穿在他身上，他还是感到冷。他开始哭，"哇哇哇"的大哭，惊动了许多人。他听到身边有好多人在说话，他听不懂说什么，就一个劲地喊："我要妈妈！我要妈妈！"但是妈妈没来，爸爸也没来。

他知道爸爸妈妈嫌他是一个盲人，不要他了。后来，有一双粗糙的大手拉起他冰凉的小手，一直拉着他走进了一个温暖的地方。这个人说："这是我的家，以后也是你的家。"这个人让他喊他叔叔，他喊了，然后就换来了许多好吃的东西。

后来，叔叔一点儿一点儿地让他熟悉这个家，告诉他床在哪儿，柜子在哪儿，吃的东西在哪儿。

叔叔常常出去，他就在家里待着。叔叔怕他寂寞，给他买来许多玩具，有能跑的汽车，有能响的冲锋枪。他看不见，却愿意听这些玩具的声音，他觉得那是世界上最美妙的东西。

他慢慢长大了，在叔叔的细心照顾下，除了眼睛看不见，其他部位都很健康。他曾经问叔叔，自己长得怎么样。叔叔说他长得很好看，就像电视里的小帅哥。他没见过电视，当然不知道电视是什么样了，更不知道里面的小帅哥到底有多帅。他脱口说道："我要是能看到该多好啊！"叔叔听了，用那双粗糙的大手抚摸着他的脸，怜爱地说："你不是听医生说过，5万元钱就可以治好你的眼睛吗？我现在正在挣钱，不管能不能治好你的眼睛，我一定要试试。"当时他躺在叔叔怀里哭了，泪水从他那看不见光明的眼里流出来，热辣辣的。叔叔用他那双粗糙的大手给他擦泪，尽管有点痛，可他却觉得非常幸福。

终于有一天，叔叔兴奋地告诉他，攒够5万元钱了！叔叔激动地拉着他的手来到医院。后来他被推进了手术室。7天后，当医生准备给他拆眼睛上的绷带时，叔叔突然止住了医生，对他说："孩子，如果你看到的世界和你想象中的世界不一样，或者你还是什么也看不见，你会失望吗？"他说他不会失望，叔叔说："那我就放心了。"

医生拆绷带时，他紧紧攥着叔叔那双粗糙的大手，心里紧张极了。医生一层又一层小心地拆着，他的心一下比一下跳得猛，当医生终于把最后一层绷带拆掉时，他真的看到了！他首先看到了许多人，这些人脸上都挂着泪滴。他一侧头，不禁惊呆了，他面前竟坐着一位眼睛深深凹下去的盲人！他顺着盲人的胳膊一直往下看，他看见，自己正紧紧地攥着盲人那双粗糙的大手……

成长笔记

看见世界的时候，窗外阳光灿烂；看见世界的时候，温暖充满心间。一位盲人用他粗糙但温暖的大手给了一个孩子家的温馨、亲人的关爱，甚至给了他光明的未来。有了爱，无星的夜幕依然闪亮；有了爱，有雪的冬日依然温暖。

让歌声永不停止

[美国] 凯瑟蜥·卡什门　维 佳　译

不久前，我听 7 岁的女儿罗莎弹钢琴。她一个音符一个音符地弹着"神秘的曲子"。我想，她最终一定能辨认出熟悉的旋律。但是，弹了足足 3 遍之后，她转过身来神情茫然。

"是《杨基歌》呀。"我惊讶不已地说。

"《杨基歌》？我从来没听过。"

我在惊讶的同时至少有点发窘。我的孩子怎么会没有听《杨基歌》和其他熟悉的曲子就长大了？我们家里几兄妹哪个不会这些曲子！现在我有了答案。这些天来我一直在观察附近有多少人在唱歌，结果是没人唱歌。

我最早的记忆是，妈妈一边摇着婴儿车一边哼着摇篮曲。她说她"不是唱歌的料"，但她深沉、婉转的女中音对我们一直是种安慰。每次我陪着发烧的孩子或是抱着做噩梦的还未到上学年龄的小儿挨到天明时，往日的歌声便萦绕心头。那歌词就像是梦的碎片，闪现又离去，然后被爱的哼唱紧握在一起。

如今，年轻的母亲惯于到婴儿用品商店买摇篮曲磁带。孩子哭闹时，他们就打开高科技音响设备放一曲——孩子们听到的是动听的陌生人的声音。依我之见，年轻的父母应该自己学会这些歌，扔掉那些立体声，在午夜时分把自己的催眠歌作为礼物送给孩子。

由于父亲在军队工作，我们经常搬家。我还能回忆起奔赴炎热南方的漫长旅途中听见父亲唱《早晨的卡罗来纳》，我们便一齐加入合唱，用最大的劲唱。

唱歌是我们测量里程的一种方式，《共和国战斗歌》能一直伴随我们跨入另一州界；唱歌也是我们了解父母的一种方式，我们由此知道了在我们出世之前父母是怎样恋爱怎样生活的。

前些日子我们去旅行，女儿们都戴着袖珍立体声耳机。她们沉浸在个人的小世界里。我忍不住想，至少在这儿、在汽车里，女儿们听到她母亲歌词不全的声音会感到高兴。不错，我的歌是走调的，但歌声能传给下一代。那些高级耳机剥夺了每个孩子应该从儿时带到成年的宝藏。

父亲70岁时，兄弟姐妹和孩子们在周末聚会庆祝。我姐姐玛丽请了一位通晓所有老曲子的班卓琴师。在秋日的阳光下，我们唱了一天，歌声又回到我们身边，仿佛又听到父亲在唱。周末快完时，最小的孩子也学着唱歌加入了

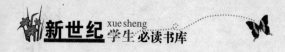

合唱。

我们伴着聚会的歌声驱车回家，一路上那些优美的老曲子在我心里翻腾。真该死，我想，我为什么不在车里唱歌而用收音机取而代之呢？我为什么没在做饭时多唱几首歌呢？回到家，我要把墙上的立体声音响拆除，饭前唱祷告歌，围着钢琴唱颂歌。洗浴时也要唱歌，不再使用那些窃走我们声音、我们灵魂的防水收音机。

"妈妈，"后座上传来一个声音，突然打破了我思考时的沉默，"你唱错了。"我转过身对罗莎笑笑，这孩子过去还未听过《杨基歌》。

"我们再来好好唱一遍，"我说，"提醒我别把歌词唱错了。"

成长笔记

在现代的钢筋水泥建筑里，各种高科技的产品充斥了我们的生活，不仅物体是冰冷的，甚至连声音也是冰冷而陌生的，在这样的生活中，我们多么期待那些遥远而温暖的摇篮曲啊。

一个夜晚

袁小虎

这是一个真实的故事，很平凡，但值得我把它记下来。

那天很晚，我才在旅社找到铺位。当走进"306"号房间时，这里先来的四位正在"双吊主"闹腾着，有一个正狼狈地钻着桌子。门口当风的一个床位是我的，我静静地斜躺在被子上，掏出书，企图到书中去躲避吵闹。

一会儿，吵声小了，我眼前亮了许多，转身一看，一个胖子把挂在铁丝上的电灯从他们头上移到靠近我这边，他口里像是自言自语地说："人家看书看不清楚！"

"不，不要紧，我看得清！"我心里一阵热，但一会儿我又冷下来了，本能地摸了摸身边的提包，因为这里面有一笔不小的钱。出门在外，害人之心不可有，防人之心不可无。

我不知什么时候睡着了，并做了一个梦，梦见我的提包丢了，我一阵急，冷丁醒了，发现提包正在怀里好端端的——原来是虚惊一场。

这时，天已蒙蒙亮了，同房其他四个人都已悄悄地起床，一会儿，我明白了他们是要赶早班车。有一个想要拉灯，马上被同伴轻声制止了，又有一个轻轻地走到我床边，弯下腰，我一阵紧张，预备着……可他从床下拾起一本书丢在我的床上——这是我睡前看的

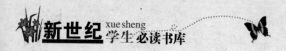

那本。

我又一阵激动，但没放松提包。

他们收拾好了，出门了，像一阵轻风，走在最后的胖子把门锁扭开，按下了保险，轻轻地把门虚掩上。可随即风又把门吹开来了。虽是初冬，那风还是怪冷的。我刚要起来关门，胖子又回来了，把门掩上，他刚抬脚，门又被吹开了，他迟疑了一下，把保险推上，想把门锁死，但又犹豫着。又有一个人回来了，和胖子嘀咕了一阵，只见胖子又把门锁扭开，上保险，然后从袋里拿出一团纸，按在门框上，这样，门就轻轻地被关死了。他们折腾半天，为的是不让关门的声音把我吵醒。

他们走了，我抓提包的手松了，收紧的心也松了，一股暖流流到心房，传遍全身……

成长笔记

人与人之间并没有想象中那么冷漠；世事也并没有想象中那么炎凉，更多时候是我们自己锁上了心房。陌生人所施予的关爱就像阳春三月的风，吹开繁花，温暖一路相伴……

没有 A，也没有 B 和 C

飘

上初中时，写作于她而言，无非是天马行空的杜撰。洋洋洒洒一大篇，既不打草稿，也不做修改。笔下，华丽的语言，曲折的情节，唬倒众人。同学们刮目相看的眼神，令年少轻狂的她很受用。

A，B，C。她作文的等级从来都只是 A。直到他的到来。一个在她眼中乳臭未干的师专生业生——新上任的语文老师。

之前，她本是想卖弄一下自己的文采，在他面前惊艳一下。没想到那篇自认为倾心的"力作"，最终出卖的却是她的尊严。作文本发到手里，没有 A，也没有 B 和 C。只有莫名其妙的六个字：土拨鼠哪去了？

轰动。她的作文本满世界横飞：嘻，土拨鼠哪去了？同学们笑的各怀鬼胎。土拨鼠哪去了？她晕的有点找不见北。

作文讲评课上，他给同学们讲了一个故事。

三只猎狗追一只土拨鼠。土拨鼠钻入了树洞，而树洞只有一个出口。不久，树洞里却钻出了一只兔子。兔子向前逃跑并爬上一棵大树，仓皇中兔子从树上掉下来，砸晕了地面上仰头看的三条猎狗，兔子逃脱了。

故事讲完后，他问大家：这个故事有什么问题吗？

学生甲：兔子不会爬树。

学生乙：一只兔子不可能同时砸到三条猎狗。

学生丙：狗都砸晕了，兔子能不晕？

还有呢？他继续问。

他点了她的名字。她却回答不上来，众目睽睽下，她满脸通红。

土拨鼠哪去了？他问她，

土拨鼠哪去了？他又问大家。班里的轰笑声顷刻变得安静。

是啊，她作文中的那只"土拨鼠"哪去了？一直以来，她引以为荣的编造出的作文情节，无非如他的故事中冒出的兔子，喧宾夺主；而她就像那三条猎狗，舍本逐末，任由兔子将自己引向了跑题的岔路。她真正追寻的目标——土拨鼠，早已与她渐行渐远。

她的作文如同他的故事：看似热闹非凡，却漏洞百出。她知道土拨鼠哪去了。她相信自己能找回来。只是以后，同学们都管她叫土拨鼠。她曾经那样骄傲的光阴，竟被打上了土拨鼠的灰暗印记。印记有些丑，亦或，于那颗年少敏感的心还略微的痛。只是她深深清楚那枚土拨鼠印记的分量：那是一个标记，确切而言是路标，标立在她未来的每一个岔路口。不仅仅于写作。

毕业前，她写了最后一篇作文。不再杜撰。以手写心。作文本发到手里，没有 A，也没有 B 和 C。却是一句更为莫名其妙的话：如果不是抄的，就好了！

触目惊心。她却没有晕。有些东西，不需要解释。无论在她，还是他。十多年过去了。不论是写作之路，还是人生之路，不论走多远，她总能清楚地记着自己为何而出发，也不曾迷过路。直到今天，她仍然在时刻提醒自己：土拨鼠哪去了？

一次，她从杂志上读到了他写的文章。有一段话这样写："我给学生文章的最高评价是——如果不是抄的，就好了。因为他（她）的写作水平，已远远超过了他（她）自身应具的能力。只是，我仅给一只土拨鼠写过。"那一刻，她第一次为荣耀之外的东西掩面而泣：没有 A，也没有 B 和 C，而她却得到更多。

成长笔记

当繁华落尽，浮出水面的是已经久未审视的内心。心灵就像一面镜子，如不常常拂拭就会落满尘埃，再也映不出本来的自己。老师给学生指明的，不仅是写作之路，更是人生之路。

螺母与废铁

潘 炫

临下班时，一个女孩找到我，说机器上的一个螺母掉了。我随口应诺着便漫不经心地拿着扳手、钳子和一大铁盒新旧不一、型号各异的螺母去了那个女孩操控的机器旁。

刚欲动手，车间下班的铃声骤响。由于机器没有什么别的毛病，只是换一个螺母而已，我不想为了换一个螺母而把手弄得脏兮兮的，所以我收拾好工具准备下班。

我打算明天上班时把它换上。

第二天刚上班，车间主管找到我，神情木然地高声数落我最近种种工作松懈的表现，我不想争辩什么。工厂忽视了我这样的人才，是它的一大损失，那时我一直这样认为。

走出主管室，我看见那个女孩的机器旁边正站着一个瘦矮的男人，我一惊，是那个台湾老板。女孩在一边偷偷抹泪。

"你必须在一分钟之内让机器恢复运作。"老板盛怒地对我嚷道。

拿来螺母盒和扳手，我想，一分钟之内换一个螺母还不是小菜一碟。

却不料，一盒子的螺母竟没有一个与螺钉的尺寸、型号搭配得当的，我陷入了尴尬的沉默之中。最后老板一字一顿地说："对于这台机器而言，那个与